NHK俳句

あるある！お悩み相談室

「名句の学び方」

岸本葉子 Yoko Kishimoto
岸本尚毅 Naoki Kishimoto

NHK出版

はじめに

俳句作りに迷いは尽きません。作るほどにむしろ深まる感じがします。同じような句ばかり作っている気がする、ありきたりを抜け出したいけど。古文が苦手、なんとか避けて通れないかしら。「散文的」だとよくないらしいけど、それっていったい何のこと？

そんな迷いや今さら聞けない疑問などの解決を図るのが、この本です。導き手はテレビ番組「ＮＨＫ俳句」で私が教官とお呼びしていた、俳人の岸本尚毅さん。

第1章はズバリ、「あるある」お悩み相談室です。読者から寄せていただいたお悩みを、俳句をはじめて十二年、悩みのまっただ中にいる私がとりまとめ、教官に相談します。手がかりは名句。

「名句なんて、私の句とは差がありすぎる。学ぶ手がかりはあるのか？」と首を傾げられたかた。あるのです！　名句は五七五になりたてのときから名句だったわけではありません。かの高浜虚子《たかはまきょし》だって推敲《すいこう》を重ねています。それこそが解決のヒント。

作り方のみならず、心の不安にも答えていただきます。投句しているのに入選しないのですが、高齢だけどだいじょうぶでしょうか、など人に言いづらい、それだけに身につまされる声がいろいろ。

第2章では、そもそも名句とは？　にはじまる根本的な疑問を、教官にぶつけます。名句の条件、名句は作ろうとしてできるものなのか、名句を作ることが究極の目的なのだろうかなど、名句の見方が変わります。

そして第3章は教官による名句集案内。「これが名句か」と感心してもらうためではありません。こんな句を詠《よ》みたいなら、この俳人、この句集、この作り方が参考になるという、実作に役立つ案内です。

読んだ後、皆さんのお悩みが少し軽くなり、新たな気持ちで俳句を続けたいと思える、そんな本になれるよう願っています。

岸本葉子

・本書は、ＮＨＫテキスト「ＮＨＫ俳句」（二〇一九年五月号〜二〇二〇年五月号）に連載した「名句で解決！「あるある」お悩み相談室」と、「ＮＨＫ俳句」（二〇二一年二月号）に掲載した対談「名句の学び方」を加筆修正し（１・２章）、新たに「学びたい「名句集」七選」を収載した（３章）。

・引用句の表記は、原則的に常用漢字とし、難読語には著者の監修のもと適宜ルビを付した。

1章

名句で解決！「あるある」お悩み相談室

岸本葉子
岸本尚毅

俳句作りの悩みと不安の解決をはかるべく、「歩く名句データベース」こと岸本尚毅教官に、私、岸本葉子がみずからの体験もまじえて、おたずねし、読者の皆さまにお伝えします。

「季重なり」に悩む

Q 1

お題の季語で作ったら「それ以外のところで使っている言葉も季語だ」と指摘されてしまいました。季語が二つ以上入るのはいけないのでしょうか？

相談室とりまとめ係
岸本葉子

右のお悩み、俳句をはじめてまず突き当たる困り事でしょう。私、岸本葉子も歳時記の目次を見て「こんなに何でもかんでも季語にされていたら、季重なりを避けられるわけない」と思いました。布団《ふとん》とか冷蔵庫とか、身の回りに一年じゅうあるものまで季語だなんて！

春の夕方に鰯《いわし》の腹を割いているところを詠《よ》みたいけれど、「鰯」が秋の季語なので、季語二つを理由に選からもれては惜しすぎると、「鰯」を「魚」に直して投句したこともありました。

そんな経験から、岸本尚毅教官が挙げて下さった〝季重なりでも名句〟の中で私の目を引いたのは〈**夕鯵《あじ》を妻が値ぎりて瓜《うり》の花**　高浜虚子《たかはまきょし》〉。「鯵」と「瓜の花」と、夏の季語が二つあります。私なら「瓜の花」との季重なりを避けようと、「魚屋に妻が値ぎりて瓜の花」などとしそうです。

でも「鯵」だからこそ、読む方には値切る前からそう高価なものではないとわかるし、「三杯酢にでもして晩酌かなとか、食卓まで思い浮かびますね」と教官。たしかに単に「魚」では、そこまでイメージを喚起する力はなく、句として弱くなりそう。そっちの方が惜しすぎる！

詠みたい風景を自然体で詠んで、結果としてその風景に入っている景物がたまたま季語になっていても気にしなくていいということです。

ポイント❶

風景を自然体で詠んだときの二つ目の季語は残しておいてもよい

「風景を自然体で詠む」ためには、詠みたい主題が何かを、作る当人がわかっていないといけません。
〈**秋風の吹けば蝶々《ちょうちょう》むらがれる**　高野素十《たかのすじゅう》〉。「蝶」は春の季語。教官のお話では、季語を「秋の蝶」に変えて「秋風」をなくし、〈**風吹けば秋の蝶々むらがれる**〉という形をとれば、季語が二つ以上になるのを避けることはできる、でも作者がそうしなかったのは「秋風」の風景として詠んでいるからでしょう、と。その風景の中にたまたま季語にもなっている蝶がいたのです。

たまたま、と私は書いてしまいましたが、あながちはずれではなく、季語には、「鰯」「鯵」「蝶」のようにふつうに使う言葉で季語にもなっているものと、「春雨」や「秋風」のように俳句的な情緒を多く背負っており、身構えて使うものと二種類があると考えればよいそうです。身構えて使う季語が一句に二つ以上入っていたらそれは問題で、避けなければなりません。

では次の句はどうでしょうか。〈**春の月ありしところに梅雨《つゆ》の月**　高野素十〉。「高野素十ともあろうものが、こんな重大な季重なりを！」。いえいえ、それは早とちり。過去を表す「し」が使われているとおり、春の月はかつて見たもので、今見えるのは「梅雨の月」だけです。字面だけで判断すると、絶対に避けなければと思いそうな形ですが、あくまでも詠みたい風景は何か、に基づいて考えます。

ポイント❷ 「身構えて使う」季語は季重なりに注意

自然体で詠んだ結果として入っているのではなく、季節を強調するためにあえて二つ以上入れるのはどうか、という質問がありました。「寒風」と「氷柱《つらら》」といった例。いわば狙《ねら》った季重なりです。

教官のお答えは「俳句としては損をします」と。二つとも寒さのある季語で、作る方は強調のつもりでも、読む方にはダブりやロスと感じられる。俳句は十七音しかないので言葉を無駄遣いしている印象の句は、どうしても割り引かれて読まれてしまいます。

だからといって、いけないわけではないと教官。私の立場からは投句する句会の選者が、季重なりに対しどれくらい厳しいかは、正直気になりますが、「学校の宿題ではなく文芸なのだから、したいことがあるなら、しかもその作り方の名句であこがれるものがあるならば、おそれず作るのがよろしいでしょう」と励みになる言葉をいただきました。

ポイント❸

季節感を強調するためにあえて二つの季語を使うのはリスクあり

A1

季語にもなるけれどふつうの言葉として使える言葉は、季重なりを気にせず使いましょう。

相談室教官
岸本尚毅

「**ここが不安**」に答えます❶

岸本尚毅

「高齢なのは、俳句作りに不利なのでしょうか？」

ひとことでお答えすれば「いいえ」です。ご高齢で「テニスをはじめるか」と思い立ってもなかなか難しいでしょうけれど、俳句ほど体力の要らないものはありません。たとえ足腰が弱ってきて、題材を探しに外へ出ることができなくなっても、過去の思い出で作れます。俳句は写生だとよくいわれますが、目の前のものの写生でなくても、頭の中の絵姿を写生すればよいのです。題材となる体験は、若い人よりたくさんお持ちのはず、むしろ有利と考えて下さい。実体験でなくフィクション、すなわち作り事、嘘《うそ》を詠むのもおおいに結構です。

「詰め込みすぎ」に悩む

Q2

「一句にあれこれ詰め込みすぎだ」と言われます。やっとのことで十七音に収めたのに、これ以上どこをどう削ったらいいかわかりません。

詰め込みすぎというコメントは、句会でもよく出ます。あきらめの早い私は、最初に作って十七音を超えると「あ、無理」と材料ごと捨ててしまいますが、このかたのお悩みに答える解決法ではないですね。詠みたいことがあるときは句の中のどの部分も自分にはだいじだから、残したい気持ちはわかります。

かの高浜虚子も削る作業をしています。虚子の推敲《すいこう》を研究している尚毅教官がたくさん例を挙げて下さいました。虚子の推敲例では、既発表句を直したものを数か月後に再発表する例が多いそうです。〈**振りかへるうしろ窓にも春の水**〉→〈**ふりかへる後ろにも亦《また》春の水**〉。「窓」を虚子は消しました。

虚子は事実、窓越しに見たのでしょう、けれどもそれは「読者の側にすれば、なくていい情報です」と教官。むしろ、ない方が、読者は野原かどこか、すぐ後ろに春の水があるような風景を得られます。作者はつい自分の見聞きしたとおりを伝えたくなりますが、「コア（核心）になるものを考えましょう」。この句では「ふりかへる」と「春の水」がコアなのです。

何がコアになるものかは、自分の句ではなかなかわかりません。手がかりのひとつとして教官からのアドバイスは「何がどうした、を優先的に残す。どのように、は削る候補になりやすい」。

もうひとつ、虚子の推敲例です。〈**彼の君の片頬《かたほお》にあり初笑《はつわらい》**〉。一読して十七音に無理なく収まっているようですが、虚子はこう直しました。〈**彼**

の人の片頬にあり初笑〉。「君」は恋人のように読めてしまうので、読者のじゃまになる情報と考え、虚子は消したのだろうと、教官は言います。音数としては詰め込みすぎの感じはなくとも情報過多、というケースもあると知りました。

ポイント❶ 読者にとって要らない情報を探る

以上は、内容がちょっとはみ出しているものに最後のひと削りを加えた例でした。が、ひと削りではすまないケースもあります。一句に対し内容が大幅にはみ出しているときです。

そもそも一句に入れるのに適した分量はどれくらいなのか？　それをつかむため、教官はある「実験」をして下さいました。まずは三句を読み比べてください。①〈咲き沈み泡一つ抱く水中花〉、②〈咲き沈みことりと鳴りぬ水中花〉、③〈泡一つ抱いてはなさぬ水中花〉。①は②③に比べて印象が散漫な気がしませんか？

③は歳時記でもおなじみの富安《とみやす》風生《ふうせい》作の名句です。②も風生が作りまし

た。①は教官が実験として、名句をわざと詰め込みすぎに作り変えたものです。次の説明がありました。②は水中花が開きながら下降する全体の動きを見せている、③は泡一つをクローズアップして見せている、①は全体の動きと泡一つと両方を入れ、結果としてどちらも印象が薄くなってしまった。①はいかにも作ってしまいそうな句ですが、「半分に割って、それぞれをきっちり描写する方が、すっきりして、かつ踏み込んだ句になります」。

さきほど、コアになるものが自分ではなかなかわからないという私の悩みを、教官に話しました。この、同じ材料で複数の句を作ることは、実はそちらの解決策でもあり、しかも、さきほどいただいたアドバイスより根本的な解決策であるようです。「コアになるものは、はじめからわかっていることは少なく、何句も作りながら、その手応えによってつかんでいくのです」と教官。風生も同じ水中花で、②③の二句だけでなくもっと作っているそうです。ちょっとはみ出しそうだと材料ごとあっさり捨てていた私の作り方は論外でした。

ひとつの材料で一句だけ作ると、つい詰め込みすぎになりがちと教官は言います。何句も作ると、削りどころがおのずと見えてくるそうです。

ポイント❷ 一句を半分に割って、二句にした方がいい場合も

A2

一つの材料でたくさんの句を作るようにすれば、コア（核心）になるものがつかめてきます。

「**ここが不安**」に答えます❷
岸本尚毅

「近くに俳句を見てくれる人がおらず、自己流で不安です」

俳句に多少目の利く人に読んでもらうことをおすすめします。どんなに上手な人でも、自分の句を他人の目で読むことはできません。「あなたの句を言葉どおり読むとこうですが、言いたかったことはそれですか？」「それを言うには、こうしたらどうですか」というフィードバックが必要です。句会に出るのが難しければ、通信講座の添削はどうでしょう。あるいは結社に参加すれば、句会に出なくとも主宰の選は受けられます。人の句を読むことで、他人の目で自分の句を読む訓練にも、ある程度はなります。鑑賞の本で鑑賞の仕方を学ぶのも、他人の目をとり入れるための一方法です。

「散文的」に悩む

Q 3

音数はちゃんと五七五にして定型に収めているはずなのに「散文的だ」と言われます。韻文らしくするために、何かできることはありますか。

これも句会でよく聞く指摘ですが、実は私は何をもって散文的というのかよくわかっていません。「散文」を辞書で調べると、韻律や定型にとらわれないふつうの文章とかとありますが、「五七五を守っているのに」というのが、このお悩みのポイントです。俳句における「散文的」とはどういうことか、教官に無理やり定義を求めると、「同じ内容を詠んでいても、

声に出したり耳で聞いたりしたとき、歯切れのよさ、気持ちのよさを感じられるかどうか」。感じにくいのが散文的、すなわち調べが悪い、リズム感がない、と。わかりやすい！

で、それを解決するには？　まず提案されたのが、切字《きれじ》を使うことです。〈**院長や朝寝十分大股《おおまた》に**　森　夢筆〉。たしかに「院長や」でなく「院長は」だったら、ふつうの文章です。

切字に直した句が、高浜虚子にも多くあるそうです。虚子の推敲例を続けて挙げていただきます。〈**子規《しき》忌へと無月の海を航すべく**〉→〈**子規忌へと無月の海をわたりけり**〉。「けり」によって歯切れがよくなりました。「かな」を入れた例もあります。〈**門畑の秋茄子《あきなす》の日に籠《こ》にみつる**〉→〈**秋茄子の日に籠にあふれみつるかな**〉。代わりに「門畑」を消しました。なくていいと虚子は判断したのでしょう。

詰め込みすぎのお悩みの［2］を読んで下さったかたは、お気づきですね。切字の使用が、詰め込みすぎの解決策にもなっています。「けり」「かな」を入れると音数が増えるぶん、削るところを必要に迫られて探しますから、情報量が減ってすっきりするのです。

切字に準ずるものとして「なり」の使用も、教官は提案します。同じく虚子の推敲例。〈**松風に皆騒ぎとぶ水馬《みずすまし》**〉→〈**松風に騒ぎとぶなり水馬**〉。ここでは「皆」が、なくていいと判断されました。

「詰め込みすぎの句はリズムがぎくしゃくしているので、それを直すのとセットで進められます」と教官。調べを整えることが、情報の整理にもなると知りました。

ポイント❶ 切字を積極的に使う

倒置法と対句も散文的でなくする方法です。倒置法は「出た、月が」のように、ふつうの文章と順序を逆にすること。〈**熊ゆきぬ神居《かむい》のくにへ贄《にえ》として**　山口誓子《やまぐちせいし》〉。「月が出た」の順序で五七五にするなら〈**贄として神居のくにへ熊ゆきぬ**〉ですが、それよりもリズムにメリハリがつきます。対句とは？　定義より例を示していただく方がピンときそうです。虚子の推敲例は〈**花に消え松に斜めや春の雨**〉→〈**花に消え松に現れ雨の絲《いと》**〉。白っぽい桜が背景だと見えなくなる雨の筋が、緑色の松が背景だと見えるという内容ですが、「～に消え～に現れ」という対句でリズミカルになりました。もともとの内容が、二つのものが並んでいるイメージの句だと、対句にしやすいそうです。しかも「斜め」を「現れ」に単純化したことで、より力強い描写になったという、尚毅教官おすすめの添削例です。

リズムの問題で気になることに、句またがりと字余りがあります。教官にたずねると「散文的ということとは違います」。端的にいえば、句またがりであれ字余りであれ、読んで気にならなければ、散文的という指摘に当たらない、と。名句を読めば、納得です。

〈**落椿《おちつばき》われならば急流へ落つ**　鷹羽狩行《たかはしゅぎょう》〉。「急流」が中七《なかしち》と下五《しもご》にまたがり「流」の前にわずかな間ができます。それによって、岩にひっかかりながらも、自ら流れへ身を投ずるかのような感じが出ます。虚子には、推敲であえて字余りにした例まであるそうです。〈**手を握り富士の花野に別れしが**〉→〈**手を握り富士の花野に別れけるが**〉。推敲前は五七五にきれいに収まっていますが、すっきりしすぎています。別れてもまだ思いが残っているという内容には、推敲後の方が合う気がします。

「ぎくしゃくした内容なら、リズムもぎくしゃくする方がよいのです」とのアドバイスでした。

ポイント❷ 倒置法、対句も「脱・散文的」の効果あり

A3

声に出して読みましょう。文字で読んでいるときにはわからないリズムを確かめられます。

「**ここが不安**」に答えます❸
岸本尚毅

「投句を続けているのに入選しません」

推敲に努めることは大前提として、他に何ができるか考えましょう。選者と作者の相性の良し悪しは避けがたいことです。入選句をよく読んで、共感できる句の多い選者のところへ投句してはいかがでしょうか。結社も同様です。先生を変えることにためらいはおありでしょうが、そこは遠慮なさらずに。選に入らなかった句もとっておきましょう。落選した句を一年後に読み、作ったときのことがまざまざと甦《よみがえ》るなら、その人にとって大事な句だと、飯田龍太《いいだりゅうた》は述べています。俳句は「自得の文学」。最後は自分が納得できるかどうかです。

「説明的」に悩む

4

俳句では「写生」がだいじと聞きますが、見たままを五七五にすると、「説明的」と言われ、にっちもさっちもいかなくなります。どうしたらいいでしょう。

右のお悩みもよく聞きますが、私は、何をもって「説明的」というか、よくわかっていません。入門書を読んでもピンとこず……。ここで「説明的とは」「写生との違いは」とかと、定義を無理やり教官にお願いしても、お悩み解決につながりにくい気がするので、名句に即してうかがいましょう。すべて高浜虚子の推敲例です。

〈**泳ぎ子の濡《ぬ》れて戻りて物探す**〉。虚子は次のように直しました。〈**泳ぎ子の潮たれながら物捜す**〉。皆さまはどちらが「説明的」と感じますか？尚毅教官のお話では、推敲前です。海に入って濡れて戻ってきたという、状況を説明しています。推敲後は、体から潮がぽたぽた垂れている目の前のようすを、踏み込んで描きました。

〈**水飯に味噌《みそ》を落して曇りけり**〉→〈**水飯に味噌を落して濁しけり**〉。「濁しけり」への直しで、目の前のようすがより具体的になりました。読む人の心に映像が浮かぶように詠むことが、「説明的」な句から脱する第一歩のようです。

映像にする努力は、次の推敲例からも感じとれます。〈**汗臭く生甲斐《いきがい》ありと思ふかな**〉→〈**汗くさく生甲斐ありと人に群れ**〉。「思ふ」は作者の内面で、読者には見えません。「群れ」は動作で、外側に現れるものです。人の群れの中にいる作者なら、読者にも見えます。目に見えない思いも外側から描くことで、映像化できると、この例から教えられます。

〈**世話といふ言葉が嬉《うれ》し胡瓜《きゅうり》揉《も》み**〉→〈**胡瓜もみ世話女房といふ言葉**〉。「嬉し」と思いを述べた推敲前より、「女房」という文字を見せた推敲後の方が「嬉し」さが伝わってくる感じです。〈**われ墓に参り終るを待てる人**〉→〈**わが墓参《ぼさん》済むを静かに待てる人**〉。待つようすを「静かに」と描いた推敲後の方が、待つ人の姿がはっきりします。

「自然に情景が見えてくるときは、説明されていると読者は感じません」と教官。作者の見たままかどうかより、読者に見えているかどうかが、だいじなようです。

ポイント❶ 映像を読者に見せる

「読者を信用しましょう」と教官は言います。信用していないと「言わなければわからないだろう」と、つい言葉が多くなりますが、それは逆効果。考えてみれば人との会話もそうですね。これでもかとばかり言葉を重ねられると、説き伏せにかかってきているようで、つい身構えてしまいます。教官自身の推敲も、読者の頭にすっと入るような、ぴったりの言葉を探していく作業だそうです。

「写生」というのを、よき瞬間にカメラのシャッターを押すようなものと思っていた私は、ずいぶん考え違いをしていたと気づきます。ワンチャンスをとらえるのとは対極の、時間をかけたプロセスのようです。目の前のものを写しとるといっても、カメラならぬ人間は言葉でものをとらえるし「言葉を使う以上、ある程度説明になることは避けられません」と教官。それでも景色にいちばんフィットする言葉を、正解に少しずつ近づけるつもりで探していく、すると言葉が景色を迎えにいき、言葉に景色が吸い込まれるようなときが来ると言います。その気持ちよさは、合う鍵を探して「これは違う、これも違う」と次々と替えていくうち、はまったときにも喩《たと》えられる、と。そんな体験を私もしてみたいものです。

注意したいのは探していく方向。「気どりを排していくこと」だそうです。〈**馬の尾の静《しずか》に遊ぶ栗の花**〉→〈**馬の尾の静に動く栗の花**〉。虚子は「動く」に直しましたが、初学のうちは逆の推敲をしてしまいそうです。「遊ぶ」の方が、気のきいたことを言えるようですが「味つけをすると濁るので、読者にクリアな映像が浮かばなくなるのです」と教官。

辛抱強く探す作業を、数年間続けるうち、ぴったりの言葉がみつかるようになるとのお話に、勇気づけられました。

ポイント❷ ぴったりの言葉を、時間をかけて探す

A4

似たような言葉を頭の中に並べて入れ替えるうち、正解へ少しずつ近づきます。そのプロセスも楽しみましょう。

岸本尚毅

「俳句は、ぼけ防止になりますか?」

俳句だけがそうだとは申しませんが、有力候補です。理由はたくさん挙げられます。ハードルが低い割に奥が深い。次の季節が楽しみになる。放っておいても季節は移るので、刺激を求めずとも、向こうからやって来ます。完成までの時間が短く、すぐにフィードバックを得られるので目標が立てやすく、夢中になれます。頭を使う、字を書くので手先も使う、吟行するなら足腰も使う。出歩くきっかけになり仲間ができる。体調その他の状況でじかに会えなくても、つながりを感じられます。何万いや何十万人が俳句に親しみ、梅の季節には梅をどう詠もうかと考える、その連帯感ひとつをとっても心強いですね。

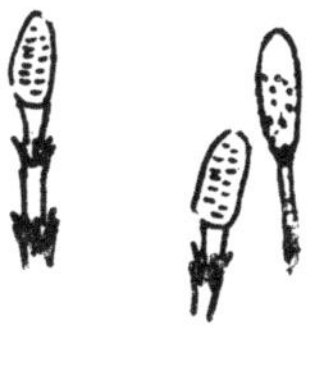

「ありきたり」に悩む

5

いつも同じような句ばかり作ってしまっている気がします。ありきたりな発想から抜け出す方法はあるのでしょうか。

俳句を作ることに少し慣れてきた私が、まさに突き当たっている壁です。とりあえず五七五にはまとめられる。でもなんか変わりばえしない。人ともかぶるし。もう一歩踏み込んだ句を作りたいけれど。

発想法のようなものを求める私に、教官の答えは、はじめはいささか意外なものでした。自分の今ある発想を否定して、ゼロから作るようなことはしなくていい、人の言っていないことを言おうとする必要もない、と言います。

なら、どうすれば？ 「言葉遣いを〝いつも同じよう〟でなくすれば、イコール発想が踏み込んだことになります」。

補足しておっしゃるに、発想と表現は相互作用を起こすもの。五七五にするには、言葉になる前の感じを言葉に置き換えていくわけですが、もとの感じにしっくりくる言葉を探しているうちに、発想もはっきりしてくる、と。日常会話で、しゃべりながら自分の言いたいことがわかってくるのと似ているでしょうか。

でも言葉だけを、ああでもないこうでもないと考えていると行き詰まりそう。早くも眉間《みけん》に皺《しわ》を寄せる私に、教官は「言葉のスイッチをいったん切って、絵を思い浮かべるといいでしょう」と。たしかに人間の頭は、絵と言葉とでは違うところを使うといいますね。

ただし、先に絵をバシッと決めてそれを言葉で模写していく、ということではないそうです。言葉を変えれば、映像も変わり得る。映像を傍らに置いて言葉と映像を行ったり来たりしながら「書きつつ見る」ことのよう。

高浜虚子の推敲例で説明していただきます。

〈年々や同じところに同じ蟲《むし》〉→**〈年々や同じところに昼の蟲〉**。教官の言うには、たぶん虚子も「昼の」にストレートに行ったわけではない、「残る虫」「虫の声」などいろいろ試して、「昼の虫」がいちばんしっくりきた、のだろうと。実際に虚子が虫の声を聞いていたのは夜かもしれない。けれど「昼の」だと、庭や草むらといった絵がきれいに見える。去年もあの草むらの辺りで鳴いていたなあ、という思いに、より合いそう。ありきたりを抜け出すといっても、「虫喚く」といった奇をてらうような言葉を持ってくるわけではないのです。

〈もろ〳〵を吹きとばしたる野分《のわき》かな〉→**〈もろ〳〵を吹きゆがめたる野分かな〉**。「吹き」＋「とばし」はセットでよく使われる当たり前の言葉。他の言葉はないかと、もうひと頑張り探して「ゆがめ」にしました。「ゆがめ」で、とばされていないものが風圧によってひしゃげそうになっているようすまで見せたのです。

ポイント❶ 発想と表現の相互作用を楽しむ

虚子ですら、粘り強く言葉を探していることはわかった。で、踏み込むとは、要するに、よりはっきり見えるように描写すること？ それもありますが、そればかりではありません。教官の言うには、気持ちの方にも踏み込むことができます。

〈天井にとゞけと雛《ひな》の高御座《たかみくら》〉。**〈天井にとゞける雛の高御座〉**。どちらも虚子の句です。この二つの句形のうち、雛壇を下から上へ見上げるようすがより強く思い浮かぶのは「とゞけと」のほうです。

それだけではありません。「とゞけ（と）」の命令形からは、高揚感や願いも伝わります。「とゞける」（とどいている）は、単に届いているという状態を述べるものです。

命令形を使うと「映像化するだけでなく、映像に心の波動を載せる」ことができます。「気持ちと言葉は一体のものだから、言葉が変わると新たな気持ちのありようが見えてきます」と教官。

発想というものは、それ自体で在るわけではなく、言葉になったり映像になったりする。発想をどうにかしたかったら、心でつぶやいたり心に浮かんだ絵をいじったりしてみる。そう学びました。

ポイント❷ ぴったりの言葉を、時間をかけて探す

A5

「発想」ということは忘れて、言葉を粘り強く探します。できるだけ具体的な「絵」を思い浮かべながら探しましょう。

「ここが不安」に答えます❺
岸本尚毅

「選にもれた句を投稿してもいいですか？」

選外だったことが判明した後であれば、推敲して投稿しても構いませんし、手直しせずに投稿しても、私が選者なら嫌ではありません。が、そこまでしてその句を入選させたいものでしょうか？　名句の一字違いを投稿してよいか、とのご相談もありました。作った結果、一字違いになることはあるかもしれません。虚子にも一字違いの句を別の句として入選に採った例があります。が、人が完成したものを、故意に真似したなら、そこに創作のよろこびはあるでしょうか（パロディや本歌取りはともかく）。入選は励みになりますが、そのための俳句ではないと思います。功名心が誤った名誉欲にならないよう、気をつけたいところです。

「句のよしあし」に悩む

Q6

句のよしあしがわかりません。鑑賞のコツのようなものはありますか。鑑賞力を身につける方法もあれば、教えて下さい。

これも「あるある」ですね。句会でも、よい句だと皆が言うから、わからないけど話を合わせてしまう。鑑賞のうまい人は作句の上達が速いと聞くから、鑑賞力も鍛えたい。でも何をどうすれば？

教官が早速挙げて下さいました。ひとつ目は、音読する。〈**突堤のあをぞら冬に入《い》りにけり**　中岡毅雄《なかおかたけお》〉を例にとった教官の説明は、「立冬」ではなく「冬に入り」とした和語の柔らかさ、「けり」の晴れ晴れとした響きが感じられます、と。実感できる。音読でわかるのは、響きやリズムだけではありません。声に出した上であらためて目で読むと、字面における「あをぞら」という仮名のやさしさが、和語の柔らかさと響き合っていることにも気づきます。

二つ目、名句の中の言葉をわざと変えて、変える前と比べてみる。〈**土擦つて門ひらかれぬ石蕗《つわ》の花**　鈴木《すずき》鷹夫《たかお》〉。「石蕗の花」を「花八つ手」にするとどうでしょうか、と教官。八つ手の高さと「土擦つて」の視線の低さとが合いません。足元に咲く「石蕗の花」だからこそ。変える前がいかによいかがわかります。季語、あるいは季語以外の言葉、いろいろと入れ替える。教官と夏井《なつい》いつきさんとの共著『「型」で学ぶはじめての俳句ドリル』（祥伝社）と『ひらめく！作れる！俳句ドリル』（同）で練習できます。

三つ目、鑑賞文を読み込む。教官によれば、鑑賞文は句の内容を散文に置き換えたもの。逆に、同じ内容を韻文だとこんなに短くても言えるのか、と驚く。鑑賞文の言葉と句の言葉とを見比べ、何が省略されているか、鑑賞者が想像力で補った言葉は何か、補うことができたのはなぜかと考えていくと「あ、この言葉があるせいか」とわかる。この練習をするには、鑑賞文自体がすぐれている必要があるそうです。

すぐれているかどうかなんて、勉強中の身にはわからないのですが？困惑する私に教官は、「ＮＨＫ俳句」テキストの「巻頭名句鑑賞」なら間違いない、と。例を見ましょう。二〇一八年の十一月号より、片山《かたやま》由美子《ゆみこ》さんの鑑賞文の抜粋です。

> **掃かれゆく落葉の中に石の音**　上野《うえの》章子《あきこ》
>
> 降り積もった落葉を掃いているところだが、がさがさという落葉に混じって、あきらかに石とわかる音がする。落葉と共に掃き寄せられてしまうほどなので、そんなに大きな石ではない。（後略）

降り積もっている場面や石の小ささは、句では省略されているけれど、わかる。「ゆく」「中に」のせいでしょうか。

たしかにこれは勉強になります！

ポイント❶ 鑑賞上達のコツは三つ。「音読」「言葉の入れ替え」「鑑賞文」

コツを教わったところで、教官からのクイズです。次の二組の高浜虚子の句を読み比べてみましょう。ＡとＢのどちらかを虚子は、よりよい句として自選しています。どちらだと思いますか。

①Ａ：アカシヤに凭《もた》れて杞陽《きよう》パリの夢　Ｂ：杞陽居る花アカシヤの樹に凭れ　（注：「杞陽」とは京極《きょうごく》杞陽《きよう》という虚子門の俳人）

②Ａ：冬ざれの石に腰かけ今孤独　Ｂ：冬ざれや石に腰かけ我孤独

迷う。①はＡか？　読んだ感じ、なんとなくリズムがかっこいい。「それでいいのです。音読は鑑賞のコツとして最初に挙げたものでした」。正解はＡ。②は、迷う。「や」のある方がリズムはかっこいい気がするけど、それではあんまりひとつ覚え。

判断のつきかねている私に、教官は説明します。ここでのポイントは「今」と「我」と、二つの言葉を入れ替えて比べたときの「我」の重さ。「今」は、たまたま今さびしいだけかもしれないけれど、「我」は、我には常に孤独がつきまとっていると読め、孤独の質がより深い。正解はＢ。皆さんはいかがでしたか？

ポイント❷ 言葉の選択に迷ったら、リズムのよさや、主題が生かされているかを考えよう。

A6

俳句の表現と見比べながら鑑賞文をていねいに読んでみましょう。

岸本尚毅

「名句といわれてもピンとこないのですが」

好みが変化することはあるでしょう。私を例にとれば、はじめは山口《やまぐち》誓子《せいし》や水原秋櫻子《みずはらしゅうおうし》が好きだったのが、やがて阿波野青畝《あわのせいほ》、高野素十、虚子が好きになってきました。名句を名画、または名曲と置き換えてみてはいかがでしょう。名画や名曲といわれるものすべてを、いきなりすばらしいと思えるかどうか。とっつきやすいものと、よさがわかるのに時間のかかるものと、差異はあります。粘り強く見て、あるいは聴いていくと、鑑賞の幅が広がります。疑いを抱きつつ見る、よいと思えない理由を考えながら見るのも、楽しいものです。「食わず嫌い」はせずに、噛《か》んで味わうことまではしましょう。

「字余り」に悩む

7

五七五に収まるよう、音数を確かめながら作っていますが、どうしてもはみ出るときがあります。字余りはどこまで許されますか。

字余りを理由に選にもれては惜しいので、無理やり五七五に収めて投句することが、私もあります。でも心の中では「もとの句の方が、字余りではあっても、よかったかも」と未練が残ることも……。切実な悩みです。
「まず上五《かみご》は、ちょっとくらいはみ出してもいいと断言できます」と教官から心強いお言葉。高浜虚子にも、上五の字余りの例はたくさんあるそう

です。〈黍《きび》の中に燈籠《とうろう》見ゆる藁家《わらや》かな〉。上五が六音ですが、これを「黍の中」としてしまっては、なめらかさが失われると教官。なるほど、声に出して読めばうなずけます。

〈凡《およ》そ天下に去来《きょらい》程の小さき墓に参りけり〉。これなんて「ちょっとくらい」どころではありません。上五にあたる「凡そ天下に去来程の」が、なんと十三音。虚子だから許されるのでは？　と疑う私に教官は、他の人による字余りの名句を挙げて下さいました。〈鎌倉右大臣実朝《さねとも》の忌なりけり　尾崎迷堂《おざきめいどう》〉〈芭蕉《ばしょう》野分して盥《たらい》に雨を聞《きく》夜哉《かな》　芭蕉《ばしょう》〉。これらに共通しているのは、下五が五音であること。「下五が五音だとおさまりがよく、上五が頭でっかちでも安定感が出ます」。

ポイント❶ 上五がはみ出しても、下五で安定させる

では、次のような例は、どう考えればいいでしょうか。〈麦秋の中なるが悲し聖廃墟《はいきょ》　水原秋櫻子《みずはらしゅうおうし》〉。中句は八音。字余りの中でもっとも許容されにくいと聞く、中八です。教官のお答えは、句の内容との関係で考える。こ

の句では「中なるが悲し」の中八が、原爆で崩壊した再建前の浦上《うらかみ》天主堂の悲劇的な印象を伝え、荘重な調べをも作り出しているとのこと。**〈浮浪児昼寝す「なんでもいいやい知らねえやい」**　中村草田男《なかむらくさたお》**〉〈雪夜子は泣く父母よりはるかなものを呼び**　加藤楸邨《かとうしゅうそん》**〉**。これらも教官が挙げる、句の内容を意識して、あえて字余りを避けない書き方を選択した名句です。「内容によっては、長いことがいいときもあります」。

推敲の結果でむしろ字余りになった例も、虚子にはあるそうです。**〈古家のぎゝと鳴るかや籐椅子《とういす》かや〉**→**〈古家のキ、キ、と鳴るにや籐椅子鳴るにや〉**。元の句はほぼ十七音ではありますが五七五のリズムに収まってはおらず、教官の推測では、だったらもう、いっそ思いきってはみ出た方が面白い句になると、虚子は考えたのだろうと。たしかに、どこもかしこも軋《きし》んでしょうがない感じが、推敲後の方が、よりよく出ていると思います。字余りの効果といえそうです。

季語そのものが長いときはどうしたらいいでしょう、というお悩みもありました。私も長い季語だと五七五に収めるのが難しいので、つい敬遠してしまいます。教官は「ひるまず、句またがりをうまく使っていきましょう」。例えば、こんなふう？　〈**勤労感謝の日や焼きそばに湯を注ぐ**　葉子〉。

「リズムがいいですね。では次の二つはどうですか？」。比較実験のため、教官がその場で作った句です。

①餡《あん》パン食うて勤労感謝の日なりけり

②肉食うて勤労感謝の日なりけり

うーん、はみ出している音数は②の方が少ないけれど、リズムという点では①がいいような……。

教官も①を推します。②の五八五では中八が気になりますが、①の七八五だとかえって気にならないと。要は、いかに気持ちよく読めるかなのです。［3］で習った韻文の定義を思い出せば納得です。教官によれば、①を〈餡パンを食うて勤労感謝の日〉とする案も。これも句またがりを使った例です。

教官のすすめる作り方は、最初から字余りはダメとせず、まずはみ出したものを作ってみる。後から縮めることはできるし、もしかするとそのままでよいかもしれない。確かめる方法は音読です。

付け加えると、縮めたいからといって略語を作るのはよくないとのこと。「飛行機」を「飛機」とするような、世の中で定着していない略語は無理、と。心します。

ポイント❷ 字余りにする効果もある

A7

指で数えるのはもうやめて、声と耳とで判断しましょう。

「ここが不安」に答えます⑦
岸本尚毅・岸本葉子

「字足らずはどこまで許されますか？」

字足らずの名句は、字余りに比べて少ないものの、あります。虚子の例を見ましょう。〈**来るとはや帰り支度や日短**〉。「日短」はひらがなにすると「ひみじか」の四文字ですが、声に出せば「ひ・みじか」と五音のように読めて、字足らずの印象はありません。〈**と云《い》ひて鼻かむ僧の夜寒かな**〉。これも実際に読むときは「・と云ひて」と一呼吸置くので、五音のような感じになります。音読して確かめましょう。（尚毅）

番組で句を読み上げるときは、次のことを心がけています。①意味上の切れ目で、一呼吸置く。②五七五の間は、意味上はつながっているときも、二分の一呼吸置く。音読の際の参考になれば幸いです。（葉子）

「文語文法」に悩む

8

俳句というと文語がつきものですが、中学のときから古文が苦手だった私はつらいです。なんとか避けて通る方法はないでしょうか。

ああ、文語。頭が痛いですよね。ふだん使わない言葉だし。ここでは私たちがふだん使っている話し言葉を口語、学校の古文で出てきたような昔の書き言葉を文語と考えてよいかと尚毅教官に問えば、そのとおりですとのこと。その前提で話を進めます。

まず、俳句を作るのに文語でなければいけないことはないと教官。「私は口語で作りたい」というならそれで通すのも一方法だと。

「ただ……」と教官は付け足します。文語にはいろいろ利点がある、と。

「実験」として名句を口語に変えてみて下さいました。

〈桐一葉《きりひとは》日当りながら落ちにけり　高浜虚子《たかはまきょし》〉→**〈桐一葉が、日が当たりながら落ちたんだ〉**、**〈瀧《たき》落ちて群青《ぐんじょう》世界とどろけり**　水原秋櫻子《みずはらしゅうおうし》〉→**〈滝が落ちて群青世界がとどろくよ〉**。

うーん、口語はなんだかサマにならないような。教官にそう答えると、その印象ははずれではなく、口語と比べてわかるのは、文語では助詞の「が」を使う必要がない。助詞の省略により引き締まった文体を実現できるのが、文語の強みだそうです。

ポイント❶ **助詞の省略は文語のメリット**

教官の言うには、文語には、多くの人に共通のつまずきやすい点がある。ということは、そこに絞って対処すれば、文語全体はものにできなくても、なんとかなるかも。

その点とは、動詞と助動詞の活用。活用とは、口語で「食べる」という動詞を例にとれば「食べ＋て」「食べる＋こと」のように、後に付く言葉で形が変わること。この活用（変形のしかた）が口語と文語で違うので迷ってしまう、という人が多いそうです。

対処法のひとつは単純です。活用のある言葉（用言といいます）を避ける。さきほど例に引いた〈**瀧落ちて群青世界とどろけり**〉だと「とどろけり」あたりが動詞、助動詞がからんできそうで不安だから、〈**滝落ちて群青世界その響き**〉にするとか。虚子の推敲にも、用言をはずした例があるそうです。〈**ひろ〴〵と射せし裾野《すその》の西日かな**〉→〈**ひろ〴〵と富士の裾野の西日かな**〉。用言を使わなくても同じ内容が詠めることがわかります。

ポイント❷ 用言を使わない表現も可能

でも用言を避けられない場合もあります。たとえば季語にも動詞を含んだ「冴《さ》ゆ」「日《ひ》脚《あし》伸《の》ぶ」などがあります。

動詞の中でも、つまずきやすい点をさらに絞り込めば、ズバリ下二段活用の動詞の連体形だそうです。連体形とは名詞や「こと」など（体言といいます）に連なる形。さきほど例にとった「食べる」は、文語だと連体形が「食ぶる」になる。「食べ＋て」「食ぶる＋こと」とエの段、ウの段、すなわちアイウエオの下の方の二段で変わるから、下二段活用という。この連体形がウの段になるという点が、口語と違い、悩ましいのですが、「難しく考えなくても、すでになじんでいるのですよ」と教官。例に挙げたのが、燃える想い→燃ゆる想い、ありえること→ありうること。たしかに！　文語と意識しないまま、耳にしたり使ったりしています。

助動詞の活用も、つまずきやすい点です。助動詞とは、例えば次の句の傍線を付した言葉です。〈**鰯雲《いわしぐも》人に告ぐべきことならず**　加藤楸邨《かとうしゅうそん》〉。

この点についても「わざわざ覚えなくても、記憶の中にすでに入っていますよ」と教官。この道通るべからず、ただちに立ち退くべし、見ざる言わざる聞かざる、など諺《ことわざ》、慣用句、標語、注意書きなどで、これらの活用形に親しんでいると。なるほど。

文語は俳句に固有のものではないし、私たちの中にすでに文語の「資源」

はある、「記憶の中にしまい込んで埃《ほこり》を被っているかもしれないそれらを、棚卸ししてみましょう」と教官。百人一首はその宝庫です。もちろん先人の名句を通してもふれています。

ポイント❸ 見慣れた、聞き慣れた言い回しの中に使われた文語表現を思い出そう

A8

俳句だからと身構えず、身近な文語に目を向けましょう。

「ここが不安」に答えます❽

岸本尚毅

「辞書を引くのが苦手です」

それはお困りですね。文語に関するお悩みで出てきたので、ここでおっしゃる辞書は、古語辞典のことかと思います。文語は古語辞典をいきなり引かなくても、国語辞典でわかりますよ。「捨てる」を例にとると、国語辞典で「捨てる」を引くと、意味の説明の前に「文　す・つ　下二」と書いてあります。文語の動詞の活用表も、国語辞典の巻末に付いているので、そこで下二段活用を調べられます。電子辞書には「巻末」がないので、そこから古語辞典の「捨つ」へ行くといいでしょう。辞書の活用にもまして、身近な文語から活用のパターンを体で覚えてしまうのが、結局は早いです。

「つきすぎ・はなれすぎ」に悩む

9

季語以外の部分が浮かび、そこに季語をつけると「つきすぎ」とか「はなれすぎ」とか言われます。どうしたらいいでしょうか。

私もよく経験します。今さらの質問ですが「つきすぎ」「はなれすぎ」ってそもそも何ですか？　おそるおそるたずねる私に、教官のお答えは実にわかりやすいものでした。

ひとことで言えば「つきすぎ」はイメージが重なること。〈**チューリップわたしが八十なんて嘘《うそ》**　木《き》田《だ》千女《せんじょ》〉。名句ですが、この句の季語がもし

「枯芒《かれすすき》」だったらどうでしょうか、と。たしかに、老いをイメージさせて「八十」と重なりすぎる。

対して「はなれすぎ」は、イメージがどうつながるのか、季語とそれ以外の部分とがどう関係するのか、わからないこと。〈**若狭《わかさ》には仏多くて蒸《むし》鰈《がれい》**　森《もり》澄雄《すみお》〉〈**死ぬときは箸《はし》置くやうに草の花**　小川軽舟《おがわけいしゅう》〉。教官の挙げたこれらの例は、季語とそれ以外との部分との関係はわからなくても、共通のムードのようなものを感じます。次の二句についても、感想を問われました。〈**青みどろ箒《ほうき》はかなり寂しきか**　飯島晴子《いいじまはるこ》〉。うーん、関係がわからない上に共通のムードも私はつかめないけれど、名句なんですよね？　〈**吊柿《つるしがき》鳥に顎《あご》なき夕べかな**　飯島晴子〉。吊柿のへたから萎《しぼ》んだ実の垂れ下がるようすと、顎なき鳥の姿とが似ていなくもなく、胸に響く人には響くのだろうけど、微妙……すみません。

謝ることはないそうです。「はなれすぎ」の判定は「ことほどさように、読む人の主観によるところが大きいのです」と教官。すると作る側がどうにかするのは難しそう。「つきすぎ」に関しては、誰が読んでも「つきすぎ」

とのこと。ということは「つきすぎ」の方が対策を立てやすい！

さきほどの〈**枯芒わたしが八十なんて嘘**〉は私ですら「枯芒なんて老いのイメージそのものじゃない」と即座に突っ込めるものでした。教官いわく、そうした即座の突っ込みが入らないくらいの距離が、季語とそれ以外との部分にほしい。そのためのチェックポイントは？

ピンとこないでいる私に、教官は例句を作って下さいました。〈**冬霧や合格通知待ちてをり**〉。判じ物というのは「合格通知を待つとかけて、冬霧と解く」「その心は？」「先が見えません」。落語家さんがカラフルな着物で並ぶ大喜利を思い出す人もいるでしょうが、まさしくあの感じ。いわゆる月並《つきなみ》俳句で、言葉遊びとしては面白いけど、ポエムがない。「謎《なぞ》かけの答えが理屈ですぐに出てしまう句は危ないのです」。

ポイント❶

判じ物になっていないかどうか、確認しよう。

危険域から脱するには、どうするか。お悩みは季語以外の部分ができた場合ですから、「合格通知待ちてをり」はそのままにして、季語を変える。

教官の示す手順は、冬霧から連想を広げ、その中にありそうな物を考える。例えば、〈**冬鵙《もず》や合格通知待ちてをり**〉〈**水仙や合格通知待ちてをり**〉。なるほど「冬鵙」や「水仙」にすると、「冬霧」に比べ「合格通知待ちてをり」との間の距離が広がります。

謎かけの答えが「理屈」ですぐに出てしまう句は危ないと、さきほど言われました。「理屈とは事柄です。読者に対し、理屈を見せず、物を出して景の方を見せるようにするのです」。

ただし、と別の季語の例を挙げられました。「ちゃんちゃんこ」だったらどうか。景は見えるけれど、距離はむしろ狭まる。合格通知を待つ受験生とイメージが重なってしまうから。物を出すにも、イメージが逆に近づいてしまわないか、物の持つベクトル（方向性）に注意が必要なようです。

そもそも季語を後から付ける作り方が本末転倒、という考え方もあるでしょう。その考え方に異を唱えるものではないとしながら、高浜虚子のこんな推敲例を、教官は紹介します。〈**針山も見えて彼岸の尼の居間**〉→〈**針山も見えて尼寺梅の花**〉。「つきすぎ」の観点から変えたわけではなさそうですが、虚子ですら、季語以外の部分を固定し、季語を変えてみることをしているのです。

季語以外のものから刺激を得て句を作ることは、現実にはあるし、結果的によい句ができれば、プロセスは問われないと、教官。そこのところの不安はなくなりました。

ポイント❷ **理屈を見せずに景を見せて「つきすぎ」を解消。**

A9

謎かけの「心」が見え透いていないか、注意しましょう。

「選評に自信がありません」

句の部分部分をとり出して評そうとすると、難しく感じるかもしれません。よい方法があります。「句全体からこういうことが読みとれました」と素直に述べるのです。虚子のスタイルはそうでした。〈**パン買うて女工眼細うしぬ夜の鳴子**《なるこ》　原《はら》月舟《げっしゅう》〉。パンを買ってうれしそうに笑う姿の裏にあるさびしい生活が、「鳴子」の聞こえる郊外の夜からも自然に想像できた、と。「俳句の批評は鑑賞に尽きる」と虚子は言っています。季語にはひとことでも必ず言及する、誰が読んでも読み取れそうなこと以外を言うときは「勝手な想像ですが」と前置きをするのがコツです。

「挨拶《あいさつ》句」に悩む

10

せっかく俳句を作っているからには、お祝い事などの際に挨拶句を贈りたいと思います。心得のようなものはありますか。

えらい。私は逃げることばかり考えています。お祝いなどの集まりで「一句詠んで下さい」と言われたらどうしよう。わざとらしくては興ざめだろうし、何のことやらわからず場が白けるのはこわい。知らずにマナー違反をしてしまうのが、もっとこわい。でもこの機に学びましょう。コツをひとことでと、教官に問うと「簡単に詠むことです」。

教官自身が最近、実際に葉書に書いた例が〈**長き夜をはんぺんに酌む庵主かな**〉。名店のはんぺんを貰《もら》ったお礼とのこと。「ありがたい」も「美味しい」もありません。教官がこの対談中に即座に作った例が〈**秋風に真っ赤な服の女かな**〉。赤い服を着てきた相手を褒《ほ》める句。やはり簡単です。「美しい」といった感想ないし褒め言葉はありません。

「はんぺん」「赤い服」などのお互いにわかっている物と、当季の季語を入れれば充分。この場合の季語は「つきすぎ」で構わない。挨拶句における季語は「句を贈る際の包み紙」と考えればよい、と。わかりやすい！

以下は挨拶句の達人であった高浜虚子の句を例にご指導いただきます。〈**而《しこう》して蠅叩《はえたたき》さへ新らしき**〉。結婚祝いに贈った句。新婚家庭では蠅叩きも新しいでしょうと。「蠅叩」は季語でもあります。あの……根本的な疑問として、この句、上手いのでしょうか。

それこそが挨拶句の心得で、お礼、讃辞、お祝いなどは、下手な句も受け入れられる状況であり、そこでは上手に作るより、無難に作る方がよいそうです。

また別の疑問が……。結婚式の祝辞では例えば、切る、終わる、繰り返す、重ね重ねなどの言葉は使ってはいけないとされますが、挨拶句に忌み言葉のようなものは？　教官によれば、俳句もまた挨拶である以上、世間常識に従うのが無難。そのためには句の言葉は少なめがよいとのこと。

気になるのは前書きです。「何月何日　誰々さんの何々に際して」といった前書きが、虚子の挨拶句にもついていますが？　お答えは、前書き不要。私たちは虚子の作品集で読んでいるので、前書きのあるのがふつうのような気がしますが、実際に贈るときは、相手と状況を共有しています。前書きは要らないし、つけるとむしろヤボだと。聞いておいてよかった！

マナーの話が出たので付け加えると、句会で自分宛の挨拶句があったら、句の出来栄えは別にして挨拶への返礼のつもりで選に採る人が多いそうです。私はそれ以前に、挨拶句であると気づかずスルーしてしまった経験があります。自分の名前に含まれる字が、句に詠み込まれていたら、要チェック。

ポイント❶ 上手く作ろうとせず、簡単に、無難に

ご不幸のときはどうするか。この場合、慶事のときとは一転、下手な句を贈ってしまうより、贈らない方がいいそうです。贈るとしても、よほど親しく、気のおけない間柄に限る。

〈一枚の銀杏《いちょう》落葉を又見たり〉。ある俳人の逝去に際しての虚子の句です。そう教官から聞かなければ、挨拶句とは、私はわからなかったでしょう。あるのは「銀杏落葉」のみ。弔事の場合、句の宛名に当たる人はすでに亡く、実際に受け取るのは、遺族です。贈る側も贈られる側も思いがいっぱいのときだから、より言葉少なに、例句のように、物を詠むだけくらいの句の方がいいそうです。「自信がなければ、無理して贈らず、自分が悼むために句帳にだけ残すのがよろしいでしょう」。

ポイント❷ 贈らない方がよいときもある

宛名のある挨拶句から、少し話を広げましょう。例えば吟行句は土地へ

の挨拶句といわれますが？　そう問うと、教官は次の話をされました。吟行に限らず、ふだんの句作りに、挨拶の心を生かす。時雨《しぐれ》なら時雨に手紙を書くつもりで作る。発想が行き詰まったときは、特にそうしてみる。ひとりごとは言いにくいものだが、誰かに向かって語りかけるとなると、言葉が出てきやすいから、と。すばらしい教えをいただきました！

A10

句を贈る相手だけにわかればいいというつもりで作りましょう。

「ここが不安」に答えます⑩

岸本尚毅

「俳句を毎日作りたいのですが、感動のない毎日です」

俳句は感動の結果ではなく、俳句を詠んだ結果、感動するのです。感動する景色があったとしても、そのまま写しとる句ではつまりません。〈**石段のはじめは地べた秋祭** 三橋敏雄《みつはしとしお》〉。秋祭のお神輿《みこし》やお神楽《かぐら》を、作者は詠みませんでした。石段と地べたの関係に感動することはないでしょう。でも句にしてみたら面白かった。そういうものを探すことを、私は日々心がけています。日常生活での感動とは別のところで、俳句で遊ぶことを面白がるのです。日常生活に感動があれば、俳句はむしろ要らないかもしれません。感動のない毎日だからこそ、感動するために俳句を作る、そう考えてはいかがでしょうか。

「季語に引っ張られて」悩む

11

季語に引っ張られて、それ以外の部分が思い浮かびません。季語とどのように向き合えばよいでしょうか。

季語は俳句を作る上での大きな約束事と思うから、私もかなり意識して、がんじがらめになりがちです。お悩みの後段にある、季語というものとの向き合い方から、教官にうかがいました。

教官がまず、誤解していただきたくないと言うのが、季語は歳時記が決めるのではないということ。歳時記ができる前から、季節の風物を愛でることを、私たちは心の中や生活の中でしてきた。それを詩歌に詠み込むための便覧として、ある時代から作られるようになった書物が歳時記。その成り立ちを考えれば、歳時記に載っていなくても名句が詠まれたら歳時記に載るというのが、実際のゆくたてだそうです。もっとも初心のうちは歳時記に従うのが基本です。

お悩みには、例を挙げての相談もありました。〈**ビーチボーイズ道をゆづられ黙礼す**〉の句に夏の季語を入れるべきかと。教官のお答えは「ビーチボーイズ」が作者にとって「海水浴」の潜在的な傍題《ぼうだい》なら他に季語を入れる必要はない、ただし潜在的な傍題をどこまで許すかは選者次第です（高浜虚子の〈**風が吹く仏来給ふけはひあり**〉は、虚子自選『虚子句集』（昭和三十一年）では、お盆の「迎火《むかえび》」という季語の句とされています）。

ポイント❶
歳時記に載っていない言葉を季語として詠んでもよい

歳時記の使い方も、この機にうかがいました。兼題が出たら、まず歳時記のその季語のページを開く。大きな字で見出しになっている季語を主季語、その下に小さめの字で並んでいるのを傍題と呼ぶ。兼題が「桜」なら、傍題の「朝桜」「老桜」などで作ってもよい。ただ傍題は、今の例でいえば朝であることとか古木であるとか、何らかのバイアスがかかっているので、迷ったら主季語で作る方がいいそうです。

解説はよく読む。例句については、初心者はそれを参考に見よう見まねで作るのでいい。慣れてきた人には「こういう句はすでにあるから、似た句は作らない」と確認する手だてである。ただ季語とそれ以外の内容とを、どのくらい離していいかの参考にはなる。〈**押入れに使はぬ枕さくらの夜**　桂《かつら》　信子《のぶこ》〉を例にとれば、押し入れにしまってある枕と「桜」との取り合わせが成り立つのだなとつかめる、と。

教官によれば、今回のお悩みはよくあることで、兼題では特に、発想が季語の周りをぐるぐる回るばかりで、季語の重力圏からなかなか出られないものだと。まさにそう！　どうすれば重力圏を抜け出せる？

教官の示す解決策は、いきなり言葉を探しにいかず、抜け出す方向をまず定める。その方向とは、季節に関係のないもので、自分が好きだったり得意だったりして、イメージの浮かびやすいジャンル。猫が好きなら猫のしぐさで作ることにして例えば、〈**三毛猫の耳立ててゐる桜かな**〉。港が近ければ港の風景を、台所仕事をよくするならその動作を、それぞれ十二音にして、〈**タグボート白波立てて桜かな**〉〈**丼《どんぶり》を洗つてゐたる桜かな**〉。食べるのが好きな私なら、〈**焼きそばに青のりかけて桜かな**〉。こんなことでも句になるのか！

与えられた題で詠むことを題詠《だいえい》、それ以外を雑詠《ざつえい》という。題詠における季語は、外から来るビジター。なじんでいて思いのままに取り出せるいわば自家薬籠《やくろう》中のものと、ビジターとが出会うと、自家薬籠中のものまでリフレッシュされる。季語は出会いとリフレッシュのチャンスと考えればいいのですね。

ポイント❷ 季節に関係ない好きなものをイメージして詠む

そこで疑問が。焼きそばと桜でたしかに十七音にはできるけど、名句になるのか……？　教官のお答えは次のとおり。名句は「名句を作ろう」として作れるわけではない。たくさんの句を作り人の選に残ったものが名句になる。最初から一句だけいい句を作ろうとしないことだと。題詠的な作り方の名句も多いそうです。〈**鬱々《うつうつ》と人病む家の夕桜**　高浜虚子〉〈**生涯を恋にかけたる桜かな**　鈴木《すずき》真砂女《まさじょ》〉。季語のことで頭がいっぱいになってしまいがちです。が、教官いわく「季語はあくまで俳句の一部」。一部分を意識しすぎるあまり、全体を見失わないようにしようと思います。

A11

季語をあまり気にせずに、季語を含んだ全体を考えましょう。

「ここが不安」に答えます⑪

岸本尚毅

「自選に悩みます」

悩むほどの数の句ができたことはよろこばしいです。自選は、ベテランの俳人でも悩みます。そのために句会があり選者がいるわけです。そう申しても解決にならないでしょうから、自選の手がかりを挙げましょう。うっかりミスのチェックはまず必要です。「や」「かな」「けり」のダブリ、字余り、推敲の過程で季語が消えてしまったなどは、意外とあるものです。類想のありそうな句も外します。作者モードから読者モードに切り替えて、こうしたアラ探しをするのです。切り替えるには、作ってから時間を置くこと。歳時記の例句を読むことも、切り替えのスイッチになります。

「季語に目移りして」悩む

12

いろいろな季語に目移りして、なかなか句にまとまりません。どのように作っていけばいいですか。

「ＮＨＫ俳句」の投稿は兼題で季語が決まっていますが、題が出ていなくて作るときもありますね。教官は主に二つの場合に分けて、話して下さいました。

ひとつは季節に関係ないことで、詠みたいことが先にある場合。私たちは日常生活で、喜怒哀楽をもたらすさまざまな出来事を経験します。それらをもとに十二音ができ、季語を後から付けることは、実際には多そう。季語の斡旋《あっせん》という問題です。

教官の説明では、出来事のひとつである病気を例に、「点滴の刻々落つる」という十二音ができたとして、さて季語をどう選ぶか。歳時記では季語は「時候」「天文」「地理」といったカテゴリーに分かれています。とりあえず「時候」や「天文」の季語を付けると、まとまりやすい。〈**点滴の刻々落つる鳥曇《とりぐもり》**〉。この例では上五中七の十二音で言っていることが具体的に絞られているので、「鳥曇」のような包み込む季語が、特に合う。ただし「時候」「天文」の季語は、まとまりやすい反面、大味になる傾向があるそうです。もっとピントを絞りたければ、「動物」「植物」などのカテゴリーで、手ざわりのある季語を探していく。そのときの探し方は？

教官のいわく、「映画のワンシーンないしは続きのシーンとして成立するかどうか」。植物なら例えば〈**点滴の刻々落つるヒヤシンス**〉。たしかにヒヤシンスなら室内に飾られるので、点滴にズームインしていたカメラを横に振れば、ありそうです。では〈**点滴の刻々落つる犬ふぐり**〉は？　犬ふぐりはふつう室内に飾らないので、病院の建物を出て野に行かねばならず、点滴の続きのシーンには無理。季語の解説は役に立ちますね。どこに咲くかが書いてある。

このようにしてあたりをつけたら、その季語の前後に載っている植物の季語と比べ、よりしっくりくるものを選ぶ。検討の際、例句も役に立つそうです。「この季語はこんなイメージを読み手に与えるのだな」とつかめる。歳時記はほんとうに有用です。

ポイント❶ 歳時記を活用して、季語を絞り込む

季語に目移りがしてしまうといえば、吟行です。公園に行けば「囀《さえず》り」「藤棚」、「ブランコ」に腰かけた子どもが吹く「しゃぼん玉」……どっちを向いても季語だらけ。きょろきょろするうち時間ばかりが過ぎてしまう。

この場合は「今日はこの季語で行く」という季語を吟行開始後なるべく早く決めること、と教官。理想はひとつ。うまくいかなかったときを考えても二つ。「藤」と決めたら、藤の前で藤を見続ける。風で揺れる、池に

映っているなど、「藤」そのものを十七音で描写し、片っぱしから句帖《くちょう》に書きとめていく。十七音にならなければ放っておき、とにかくどんどん次の句を作る。「多作多捨といいますが、書きながら捨てていく感じです」。次に、藤に背中を向け、別のものを見て十七音にする。学校があったなら〈**教室の窓開いてゐる藤の花**〉など。季語はあくまで「藤」に固定し、さきほどまでで見つくした藤のイメージを持ちながら、別のものを詠むのだそうです。

九十分の吟行なら、最初の二十分で季語を決める。次の二十分は「藤」なら藤だけを見て作る。次の三十分は藤から目を離し、ペアリングするものを見て作る。残りの二十分は藤の想像や思い出で詠むのが、教官おすすめの時間配分。いずれも句のコアは、藤です。

コアにするものは季語のことが多いですが、他の何かでもいいそうです。気をつけるのは吟行で見るものは、旅行雑誌でいう「見どころ」とは違うこと。〈**この庭の遅日の石のいつまでも**　高浜虚子《たかはまきょし》〉〈**方丈の大庇《おおびさし》より春の蝶《ちょう》**　高野素十《たかのすじゅう》〉。ともに、石庭で有名な京都の龍安寺《りょうあんじ》で詠まれたそうですが、見ていたのは庭全体ではなく、石や庇、蝶でした。
「目移りがしている間は上っ面の句しか作れません。ひとつの対象を掘り下げて見ていくことで、常識を突き抜けられます」と教官。胆に銘じます。

ポイント❷

コアになるものを固定し、多作多捨を

A12

季語でもそれ以外でも何かひとつ、動かさない部分を決めて作りましょう。

「ここが不安」に答えます⑫
岸本尚毅

「足が悪くて吟行に出かけられません」

お体の具合の他にもさまざまな事情で、外に題材を求められないというお悩みは多いようです。近所の商店街に出かけられるなら季節のものを売っていますし、家の中なら蜜柑《みかん》一個でも眺めてみましょう。目の前のものだけで作れなかったら、ドラマや映画、小説の一場面を思い描きます。再現でなくてよいのです。あのシーンの部屋の中はどうなっているか、猫がいる、寝ている人の片脚が畳からはみ出しているなど、想像を広げましょう。ご自身の思い出の一場面も、もちろん題材になります。リアルな虚構も結構です。番組や新聞の俳句欄に投句すると決めるなど、目標を決めると、作る励みになるでしょう。

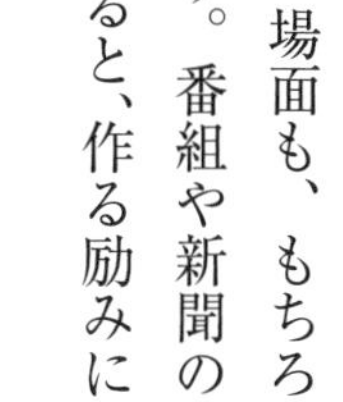

「動詞の活用」に悩む

13

名句でも動詞が「降る」「降り」「降りぬ」などいろいろな形をとっていて、どの形にするか迷います。

私もとても迷います。特に句末に動詞が来る場合。早速、高浜虚子の推敲例に即して説明していただくことにします。**〈川を見るバナナ、の皮は手より落つ〉**→**〈川を見るバナナの皮は手より落ち〉**。

「落つ」は動詞の終止形。言い切る形であって、それひとつで自立している。俳句ではないふつうの文章なら、「。」が付いて文章が終わる。「落ち」

は連用形といい、後ろに「、」なり何らかの言葉が付く形。何もないと中途半端な感じがして、付くものを探しにいきたくなる。この句では、ふたたび句の頭の「川を見る」へ付いて「川を見る」→「バナナの皮は手より落ち」→「川を見る」という循環が生まれる。連用形は、そういう性質があったのですね。

性質を理解したら、そこからは、句の内容にどちらが合うかです。「落つ」だと、バナナの皮が落ちたところで終わって、循環は生まれず、句を読んだ私の気持ちは川へ戻りません。「落ち」だと、バナナの皮が落ちてもこの作者は川を見続けているのだな、と思います。落ちたのを意に介さずじっと見続けているのは、胸中に何か屈託があるのだろうか、とも。

教官の説明では、そう解釈させる効果はたしかにあるし、そもそもわざわざ川を見るとは意思的な行為で、「川を見る」は強いフレーズ。「落つ」と言い切る形を使うと、両方とも強くなってしまう。比べて「落ち」は弱いので、「川を見る」の方を目立たせることができる、と。動詞の形によって、句の中に強弱や緩急がつけられるのです。

ご相談にあった「降りぬ」は、動詞の形だけの話でなく、助動詞の話が入っています。「降り」に助動詞の「ぬ」が付いたもの。助動詞とは、例えば動詞の示す出来事が過去にあったのか現在なのかといった、情報を加えるものです。

ポイント❶ 言い切る終止形、続く言葉を探す連用形

虚子の推敲で、助動詞を変えたものを挙げて下さいました、**〈落花土に帰し蟻《あり》の這《は》ふ地となりぬ〉→〈落花土に帰し蟻の這ふ地となれる〉**。「ぬ」は完了を示し、しいて口語に訳すなら「なってしまった」。「る」（完了・継続の助動詞「り」の連体形）のはたらきは「ぬ」と似ているが、完了した後の状態が続いていることを、より強く表す。口語なら「なってしまっている」のような感じ。蟻の這っているようすを見せるなら、「なれる」の方が効果的だと、虚子は判断したのだろうと。

別のかたの相談で、過去のことを詠むには、過去を表す助動詞「き」や「し」を使うべきか、という質問もありました。「し」は「き」の連体形で

す。教官のお答えは、過去のことだからといって、過去の助動詞を使わないといけないわけではない。虚子にも「し」を取った推敲があるそうです。〈**有合はすもので祭りし子規《しき》忌かな**〉→〈**有り合はすものにて祭る子規忌かな**〉。自分は現在にいて、子規《しき》忌を過去のこととして詠んだのが推敲前。推敲後は、自分がある年の子規忌の時点へタイムスリップし、現在のこととして詠む。「作者のいる位置によります。過去のこととして確定させるなら、過去の助動詞を使います」。

　句作りの実際を想像すると、「で」の音を避けるため「にて」にし、音数の調整上「し」を取ったのかもしれないと、教官。そのように助動詞を使うかどうかは必ずしも理屈ではなく、響きや句形の美しさから決めることも多いそうです。〈**鳩《はと》の目に金のまじれる桜かな**　夏井《なつい》いつき〉。この句も、金まじりける、金まじりたる、金のまじりし、金まじりゐる、金色まじる、などさまざまな動詞の形や助動詞が可能だけれど、「まじれる」の語感が句の内容と合うから選んだのだろうというのが、教官の推測です。

　表現の選択肢が増えて作句の自由度が高まると思うと、文法にも取り組む意欲がわいてきます。

ポイント❷
過去のこととして詠みたい場合は、過去を表す助動詞を

俳句修業中の皆さまからいただいた実作のお悩みを、十三項にとりまとめてまいりました。教官より最後のAを。

A13

動詞のいろいろな形や助動詞を使い、表現の自由度を高めましょう。

「ここが不安」に答えます⑬
岸本尚毅

「推敲でよくなっているかどうかわかりません」

推敲は、十七音の形にまでは仕上がっていることが前提です。よく行われるのが、十七音の中で言葉の順番を入れ替えてみることです。似たような句のどちらがいいかの判断は難しいですが、点検の方法はあります。音読してリズムのよし悪しを確かめる。書いて見比べる。助詞一字だけが違うときでも、五七五の一句全体の形で見比べることをおすすめします。自選と同じく、時間を置くのも一方法。それでも迷うなら、どちらの案が自分らしいかで決めましょう。人はともかく「私ならこう詠む」と思える方にします。そこまで迷うのは句の完成度が高いからです。そこまで至りついた自分を褒めましょう。

「ここが不安」に答えます⑭
岸本尚毅・岸本葉子

「コロナ禍で吟行や句会に集えません」

吟行や句会は楽しい。俳句をする気分になれます。しかし何らかの理由で吟行や句会ができない場合どうするか。もちろん対面以外の手段の句会や俳句の本を読む等の工夫はしますが、究極的にはこう考えます。「自分の中で句が生まれる瞬間、私はただ一人でいるはずだ」――この機会に自分の「孤心」を磨きたいと思います。（尚毅）

句会にほとんど出ない一年間を過ごし、句会がいかに集中力のスイッチとなっていたかを知りました。代わりにオンライン句会を初めて経験。読んでもらえる場のあることは励みになり、選は自己流になるのを防いでくれる気がします。介護で出かけづらかったとき、この方法なら句会に参加できたなと思いました。コロナの下での発見です。（葉子）

オンライン句会

「夏雲システム」の使い方

いま話題のオンライン句会に挑戦！

新型コロナウイルス感染症の影響により、
集えない俳人たちが頼りとしたのが、
オンライン句会サービス「夏雲システム」です。
非営利の句会で利用できるこの無料のシステムで、
これまで七百以上の句会が開設され、
二十万以上の投句、
四十五万件を超える選と評が行われました。
アフターコロナ、ウイズコロナの俳壇の
スタンダードな句会の仕組みになりそうです。

「夏雲システム」のトップページ。ボランティアの野良古さんによる運営。利用の際はマニュアルや規約をよく読み、疑問はできるだけ自分や仲間で解決しよう。

夏雲システムの利用方法

❶システム利用を申請する

句会を主催したい人が利用を申請します。まずはインターネットで「オンライン句会　夏雲システム」を検索します。

https://nolimbre.wixsite.com/natsugumo

右上の「開設申込・お問い合せ」をタップし、「開設申込フォーム」から必要事項（メールアドレス・お名前・句会名など）を記入し電子申請を行います。1週間ほどで管理者の野《の》良《ら》古《ふる》さんから、電子メールが届き、申請者用の句会アドレスと利用パスワード、利用マニュアルが案内されます。以上で準備は完了、句会を開設しましょう。

❷句会を開設する

句会アドレス（https://ntgm.nolimbre.com/●●●●/など）をタップし、申請した俳号と案内されたパスワードを入力します。主催者の画面にはシステム管理メニューが表示されます。「アカウントの管理」をタップし、句会に招くメンバーのアカウントを登録（参加者の俳号と初期パスワードを入力）します。トップページに戻り（画面左上の句会名をタップ）、「＋新規作成」をタップして最初の句会を開設します（開催句会名、投句締切日と時刻、選句締切日と時刻を入力、この句会に参加するメンバーのアカウントを指定）。以上であなたの句会が設定されました。句会に参加者を招待しましょう！

❸句会に招待する

アカウント登録したメンバーに、電子メールやSNSで句会アドレスとパスワードを連絡し、句会に招待します。投句と選句の締切、選句結果発表の日時と題などもあわせてお知らせしましょう。参加者は、句会アドレスをタップしてパスワードを入力し、句会会場に入ります。初期パスワードは各自が再設定します。いよいよ句会のスタートです！

句会の流れ

❶【投句】

「夏雲システム」の句会会場の画面から期日までに投句します。締切までは推敲したり別の句に差し替えることもできます。主催者は「句会管理メニュー」から参加者の投句状況も確認できます（投句内容は主催者にも明かされません）。

❷【選句】

締切時間になったら、主催者が「句会の進行・参加者確認」から選句ステージに切り替えます（自動進行設定もあり）。投句が無記名でランダムに表示されます。各自、選句締切までに選句（表示句をタップ）と選評、総評を入力します。

❸【結果発表】

全員が選句を終えたら結果発表ステージに進めます。どの句を誰が選んだか、選評と得点が自動で表示されます。各自の投句内容と選句結果、参加回数や投句数も自動で集計され、検索も可能です。

活用のコツ！

デジタル世代がアナログ世代を誘おう！

スマホを自由に扱っている人なら句会の開設は簡単！　デジタルが苦手な人をオンライン句会に誘ってみましょう。

オンライン会議システムを併用しよう！

結果発表時に作者名を伏せておく設定にして、オンライン会議アプリで集って合評すると、よりリアルな句会に近づきます。特選句の名乗りには、皆で拍手と称賛を！

＊「夏雲システム」で開設されている句会の一覧は公開されていません。自分で句会を開設するか、インターネットで個別に募集されている会を見つけ出して主催者に連絡を取り、参加してください。

※本記事は二〇二〇年十二月現在の情報です。

2章

対談「名句の学び方」

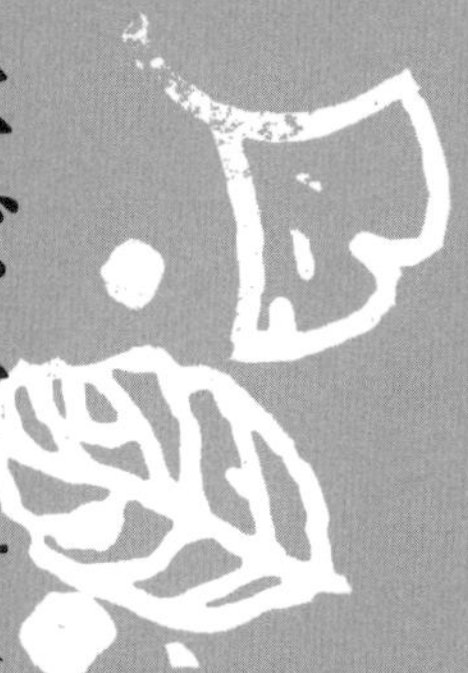

岸本葉子
岸本尚毅

1章の「あるある」お悩み相談室では、
実作者の悩みについて、
名句をヒントに答えを導き出しました。

さて、「名句」とはいったいどんな句のことなのでしょう。
名句や秀句を作れないならば
俳句は楽しめないのでしょうか？

2章では、名句の味わい方、名句との付き合い方について、
相談室とりまとめ係の岸本葉子さんと岸本尚毅教官に
語っていただきます。

名句ってどんなもの?

葉子　岸本尚毅教官、そもそも名句ってどんな句のことをいうのでしょう? 名句というとまず思い浮かぶのは、教科書で見たことがあるもの。俳句をはじめてからは歳時記に載っているものが名句だと思うようになりました。でも、じつはその良さがよくわからず、人がいいと言っているからいい句なのだろう、と受け止めています。名句とはどのようなものと考えたらよいでしょうか。

尚毅　簡単にいえば、名句とは、たとえば教科書に載っているような俳句です。みんなの記憶にのこっていて、愛誦《あいしょう》や暗誦の対象になる、〈**荒海や佐渡によこたふ天河**《あまのがわ》　芭蕉《ばしょう》〉〈**柿くへば鐘が鳴るなり法隆寺**　正岡《まさおか》子規《しき》〉〈**いくたびも雪の深さを尋ねけり**　子規〉など。俳人を名乗るなら、知らないと恥ずかしい。文芸に興味のある人ならだれでも知っている『雪国』や『吾輩は猫である』の冒頭と同じです。文化財として定着しているものですね。名句の名は名人、名産の「名」でしょう。

葉子　そこをわれわれが目指すのは難しそう。文化財のような名句から、私たちは何を学び取ればよいのでしょう。

尚毅　若手棋士で有名な藤井《ふじい》聡太《そうた》さんの棋譜

を「すごい」と思える人は、自分も将棋を指す人でしょう。自分でもあんなふうに将棋を指したいと思うこともあるでしょうし、自分で指すことは無理でも、名人上手の棋譜を鑑賞して楽しむことはあると思います。俳句でも自分の手の届かない名句を純粋に鑑賞して楽しむこともあるし、同じような名句は作れないけれど、句作の参考にしたいと思いながら読む楽しみ方もあります。

葉子　鑑賞の楽しみを提供してくれる、あるいは作る動機づけや参考になる句ですね。

尚毅　文化財というと古い印象がありますが、現代の名句として登場してきた句もあります。〈**一瞬にしてみな遺品雲の峰**　櫂《かい》 未知子《みちこ》〉〈**死ぬときは箸《はし》置くやうに草の花**　小川軽舟《おがわけいしゅう》〉などは多くの俳句愛好者が愛誦しつつある句です。季語の「雲の峰」の使い方や、「一瞬にしてみな遺品」というずばっとした言葉の使い方など、安直に真似をするのではなく、まずは驚いて、こんないい句を作ってみたい、と思ってください。「箸置くやう」な最期なら悪くない、と思ったり。

葉子　同時代の私たちが味わい愛誦することで、名句として定着し、文化財になっていくのですね。

名句からどう学ぶ?

尚毅　はい。名句を前にしたら、まずは鑑賞の対象として味わう。読んで楽しい、心地いい、というところを味わってください。いっぽう三橋敏雄《みつはしとしお》は、自分の上達のために先人の文体を真似て作ってみたそうです。たとえば、山口誓子《やまぐちせいし》の文体を真似て作ったと仰っていました（作品そのものを真似たら盗作になるので注意してください）。今井聖《いまいせい》さんは主宰誌「街」に、先人（たとえば波多野爽波《はたのそうは》）を真似て作った今井さんの句と、本物の爽波の句を見分けるクイズを連載しています。文体の癖や言葉使いなどを真似してみることで自分の表現の幅が広がります。野球のピッチャーが先輩から変化球の投げ方を教わるようなものだと思います。

葉子　真似ることで型がつかめそうですね。

尚毅　第3章でご紹介する水原秋櫻子《みずはらしゅうおうし》の〈**金色の佛《ほとけ》ぞおはす蕨《わらび》かな**〉の「佛ぞおはす」から「蕨かな」への飛躍の仕方などを、こんな書き方もあるのだなと学ぶということです。〈**遠山に日の当りたる枯野かな**　高浜虚子《たかはまきょし》〉は、上五中七《かみごなかしち》で完結した文章が「当りたる」という連体形で下五《しもご》につながり「かな」で句が終わります。その形を参考にして私も**〈手をつけて海のつめたき桜かな〉**を作りました。

葉子　直木賞作家の出久根達郎《でくねたつろう》さんは、若いときに井伏鱒二《いぶせますじ》の文章を書き写していたと聞きました。手で書き写すことでリズムや息遣いが、身体的に身につくのかもしれません。句集も書き写すといいと聞いたことがあります。

尚毅　夏井《なつい》いつきさんは、師の黒田杏子《くろだももこ》さんから、これはという句集は書き写すように言われたそうです。

葉子　反対に、句会では、すべての句を書き写してはいけないと言われました。勉強のために、句会ですべての句を書き写すかたがいらっしゃいますが、そうすると、「下手な人の句も身についてしまうわよ」と先生がおっしゃるのを聞いたことがあります。句会を効率的に進めるための誇張ではなく、真実なのかもしれませんね。

尚毅　見た瞬間に、書き写すに値する句かどうかを判断するということは、俳句上達のためのとてもいい方法です。

葉子　私は句会で、こんな句を作れるようになりたい、と思った句を、選句のための紙とは別のノートに書き写して、「秀句に学ぶ」というページを作っています。

尚毅　師系にとらわれず、貪欲《どんよく》に良いと思った句を書き写すことで、自分のなかに多様性を取り込むことができます。

葉子　「わたしの名句集」ができますね。

尚毅　句会で選をすることは小さな「名句集」を作ることです。俳句の「目利き」を目指したいですね。

葉子　俳句の「目利き」ですか。

尚毅　はい。ある百貨店のバイヤーは、新人を鍛えるとき、まずは良いものだけに触れさせて、暗黙知を育てるそうです。

葉子　俳句でも、初学のうちは、名高いとされている句を、良さがよくわからなくても、とにかく読むことが大事そうですね。自分のなかの水準を作るために。歳時記の句や「ＮＨＫ俳句」テキストの「巻頭名句」などが参考になりそうです。

尚毅　投稿俳壇の入選作品なども参考になります。

テキスト活用法——選評、鑑賞から学ぶ

尚毅　選者の選評を読むと、選ばれた句のどこが良いかがわかり、句作の参考になります。

葉子　「ＮＨＫ俳句」の司会をしていて、選者の先生が、ご自身の作品にはないような、幅広い作風のものを選ばれることに驚きました。同じような良さの「見たことのある句」と「見たことのない句」があったら「見たことのない句」

を選ぶそうです。「まだ見たことのない句」に出会いたいとおっしゃっていたことが印象的でした。そこが選者の先生と、俳句愛好家との違いなのだと思いました。私はどうしても馴染《なじ》みのある作風を選びがちなので。

尚毅　解釈がきちんと書いてあるのが良い選評です。これは俳句の上達にも関わってきますが、自分の句がどう読まれるかを知ることが大切なのです。選者は読者の代表として、読み方のお手本を示してくれます。

葉子　どういう句を選者はとるのでしょうか。

尚毅　投稿俳壇などでは幅広くとるのが良い選者です。「や」「かな」がきちんと使われた正統派の句だけではなく、卑俗な句も含め、多様性が大切です。中村《なかむら》草田男《くさたお》のような句、秋櫻子のような句、いろいろなタイプの句を選ぶ。落語でいえば、人情噺《ばなし》、滑稽《こっけい》噺とか。「NHK俳句」でも入選九句のバランスを意識します。自然諷詠《ふうえい》の句、人情の句、など。私が選をしている岩手日報では月二回、計四十句選びますが、いろいろなタイプの句をとるように心がけています。投句者にもいろんなタイプの人がいるので、間口の広い選をすることが、新聞俳壇の選者の責任です。

葉子　運動会ではなく文化祭、オリンピックではなく万博。俳句でこういうことができますよ、とパビリオン化してくださっているということですね。

尚毅　選者自身にも自分の句風がありますが、作者としての自分と、選者としての自分を使い分けています。「NHK俳句」の入選句が兼題をどう扱っているかを見るのも勉強になります。同時に、どんな句を選んでいるか、選者の選句をウォッチしてみてください。

葉子　俳句は、選者が句を選ばないことには名句が生まれないのですね。

尚毅　〈**一瞬にしてみな遺品雲の峰**〉を、俳句雑誌の句評で最初にほめたのは私だと勝手に思っています（笑）。

葉子　名句が名句として私たちにふれるには選者の存在があります。佳作はどう読めばよいのでしょうか。

尚毅　同じ兼題の句で佳作と入選の違いを探

すといいでしょうね。

葉子　先ほどの百貨店のバイヤーの話からすると、佳作はあまり読まないほうがよさそう?

尚毅　手本として読むのは入選までにして、佳作は完成途上の作品として読むのがよいかもしれません。

葉子　はじめは多様性のなかに身をおかず、評価の定まった名句だけを見るほうがよさそうです。

尚毅　山本健吉《やまもとけんきち》の『現代俳句』など名句鑑賞本を読むと勉強になりますよ。

句集の活用法

葉子　句集を読んでみるのもよいでしょうか。桂信子《かつらのぶこ》さん、鷲谷七菜子《わしたにななこ》さん、田中裕《たなかひろ》明《あき》さんなどの全句集を持っています。

尚毅　句集は読み物として面白い。たとえば石田波郷《いしだはきょう》の句集を読むと作者の境涯をドラマのように味わうことができます。水原秋櫻子の句集『葛飾《かつしか》』は美しい絵巻物のようです。

葉子　歳時記などで気になった桂信子さんの句集を読んでみると、女性性にあふれた句だけでなく、いろいろな句があることに気がつきました。一人の俳人の作風が変化していく様子を味わうことができます。当時注目された女性性が、桂信子の唯一の作風ではなく、一人の表現者として葛藤しつつ変化していく様子を感じることができて、読みごたえがありました。前衛的なこころみをした時期があったり、だんだんと枯淡の境地に至ったり、その味わいは一生のドラマを見るようで感動しました。

尚毅　**〈ゆるやかに着てひとと逢《あ》ふ蛍の夜〉〈窓の雪女体にて湯をあふれしむ〉**は女性らしさが感じられますね。後年の作には**〈たてよこに富士伸びてゐる夏野かな〉**のようなスケールの大きい句もあります。

葉子　句集を読むと、自分が真似をしたい、学びたいと思っていた句の範囲の狭さに気がつきます。時代によってたとえば、社会性のある俳句がよく詠《よ》まれたなどと聞きますが、名句にも流行はありますか。

尚毅　昭和九年には日野草城《ひのそうじょう》の「ミヤコ・ホテル」が話題になりました。若き日の桂信子さんも目を瞠《みは》ったそうです。昭和三十年代にはたとえば赤尾兜子《あかおとうし》のような句が俳壇の注目を集めました。

葉子　その時に名句とされているものを意識しすぎると、残る句にはなりにくいのでしょうか。たとえば**〈じゃんけんで負けて蛍に生まれたの**　池田澄子《いけだすみこ》〉を真似しようとすると亜流に終わってしまいますよね。真似をする範囲をあまり狭めてしまうと、その俳人は越えられないようにも思います。

尚毅　波多野爽波の場合も、昭和三十年代は**〈靴にうおのめ閉じこめて春天の濃さ〉**や**〈狡《ずる》い背中梅林の上に雲一条《すじ》〉**のように前衛俳句の影響と思われる句を詠んでいますが、当時の句はあまり句集に残してはいません。

名句の生まれるとき

葉子　名句は、作者が名句を詠もうとして生まれたのでしょうか。

尚毅　二つの答えがあります。ひとつは、名句は結果であって目的ではありません、という答え。もうひとつは、バッターがホームランを狙《ねら》うように、俳人も名句を狙っているはずだ、という答え。名句を作りたい、という願望はだれもが持っているはずですが、名句を作ることを目的とするのはナンセンスです。

葉子　「結果」「目的」「願望」の三つの言葉が出ました。名句を作りたい「願望」はだれにでもあり、「願望」は「目的」へ転じがちです。けれど「結果」は、出したいと思って出せるわけではなさそう。岸本尚毅教官の名句**〈また一つ風の中より除夜の鐘〉**はどのように生まれたのでしょうか。

尚毅　家の近くにいくつか寺があり、大晦日《おおみそか》に二階の窓から顔を出すと、いろいろな方向から除夜の鐘が聞こえます。同じ時に作った別の句に〈**この山の二つの寺の除夜の鐘**〉もありましたが、〈また一つ〜〉のほうがより純度が高い気がします。

葉子　最初に発表したのはどこでしょうか。

尚毅　句会です。自信作はたいてい、句会に出します。作者としては手ごたえのある句であればあるほどその評価が心配なわけです。信頼のできる選者のいる句会に出すことは、句が評価されていくうえで必要な手続きです。

葉子　どのように評価されていったのでしょうか。

尚毅　句集に載せた後に、いくつかの俳句鑑賞の本に取り上げていただきました。句会での評価は覚えていないのですが、手ごたえを感じたので句集に載せたのでしょう。順番としては、句会でほめられ、結社に所属しているかたは結社誌で評価され、さらに句集で世の評価を問うという形でしょうか。

葉子　除夜の鐘を聞くために窓をあける、ということから名句の誕生ははじまっていたのですね。

尚毅　あのあとも毎年窓から顔を出しますが、あれ以上の句はできていません（笑）。

葉子　自信作が評価されないときは、どうしていますか？

尚毅　表現を直してメンバーの違う句会にも

う一度出してみることはあります（笑）。

葉子　自分では名句を作れるようには思いませんが、打席に立ち続けようとは思います。思わぬ句が評価を受けることもありますし、まだ自分の作品を選ぶこともなかなかできないです。うまい句を作ろうと力みすぎても、選者にばれてしまいそう。だれにも見せない句、投句しない句を作ることはありますか。

尚毅　作品である以上は、人に読んでもらうことが前提です。江戸時代から、選者がいて投稿する、というスタイルは俳句の楽しみ方の主流ですが、仲間内で楽しむ場合もあるし、尾崎紅葉《おざきこうよう》、夏目《なつめ》漱石《そうせき》、芥川龍之介《あくたがわりゅうのすけ》などの文豪は書簡に一句書いて送ったりしています。永井《ながい》荷風《かふう》、室生犀星《むろおさいせい》などは日記に句を書いています。文人のたしなみとしての俳《はい》諧《かい》ですが、座興として人に楽しんでも

らう、読んでもらうという一面は外せません。

葉子　私も基本的にだれにも見せない句は作りません。句会に十句出すために二十句作る、ということはありますけど……。他者に読んでもらうことが前提ですね。自分が詠みたいものを詠み、それがうまく届いたときに、俳句をしている喜びがあります。投球練習だけしていても淋《さび》しい。たまにはキャッチャーに向けて投げてみないと、「全然届かないな」とかわかりませんよね。他者の反応を作ることにフィードバックさせていく、循環がある気がします。

尚毅　余談ですが、寺《てら》田《だ》寅彦《とらひこ》と松《まつ》根《ね》東洋城《とうようじょう》は毎週のようにレストランで連句をやっていたそうです。それはお互いに句を詠みあうことが楽しかったのでしょう。私も中学生の頃はノートに俳句をただ書き溜《た》めていました。そういったひそやかな楽しみもありますが、やはり人に読んでもらう楽しみは貴重です。

葉子　私も初学のころ、なんとか五七五にしたものの、俳句になっているかわからなくて、見てもらいたくなりました。

名句を楽しむ

尚毅　藤井聡太のすごさを理解しようとすると、ある程度は将棋をわからないといけませんよね。ゴルフもそうでしょう。ゴルフをしない人がテレビでゴルフ中継を楽しく見るということはなさそうです。俳句は将棋やゴルフと似ているのではないでしょうか。名句とはどういうものかというと、釣り道具の店に掲げてある巨大な鯛《たい》の魚拓ではないかと。自分も釣人だからこそわかるすばらしさです。

葉子　名句を作れなくても名句を楽しめる喜びがあるのですね。

尚毅　俳句の目利きになる楽しみがあります。この句よりあの句のほうがうまいとか、自分が選者になったつもりで楽しめばいいのです。入選と佳作が反対じゃないの？　などとツッコミを入れながら読むと楽しいでしょう。テレビで「M-1グランプリ」を見ながら、あの審査員はおかしいんじゃない？　と言って面白がるのと同じです。

葉子　俳句を知らない人たちがたくさんいるなかで、あっちの句よりもこっちの句のほうがいいんじゃない？　と言えるだけで、十分俳句を楽しむ仲間に入っているんですね。名句とされているものにあれこれ言えるというだけで、すばらしいことです。

尚毅　俳句をしない人たちの知らない、特別な楽しみを得ているのです。

葉子　梅の季節になると〈**紅梅や枝枝は空奪ひあひ**　鷹羽狩行《たかはしゅぎょう》〉〈**紅梅やゆつくりともの言ふはよき**　山本洋子《やまもとようこ》〉などの句が、思い浮かびます。自分では梅の名句を作れませんが、こういった句が思い浮かぶだけでも梅の季節が豊かになります。俳句をしていないとこんなことは起こりません。名句を作ることができなくてもこんな楽しみがあります。

自分にとっての大事な句

葉子　推敲《すいこう》して良い句を作ることも大切ですが、自分にとって大事な表現というものもあるのではないでしょうか。

尚毅　〈**亡き友肩に手をのするごと秋日ぬくし**　中村草田男〉という句があります。この句は名句ではありますが、亡き友にたむける、亡き友とのコミュニケーションのための句です。詩歌の歴史をさかのぼると、柿本人麻呂《かきのもとのひとまろ》には、天皇の歌を代作するという役目がありました。そこに作者の個性やオリジナリティは必要ないわけです。古来、詩歌は作者の自己表現ではありませんでした。高橋睦郎《たかはしむつお》さんは「僕が、俳句に期待しているというか、ここに何か人間の救済のヒントがあるかもしれないなと思っているのは、我《われ》の出てこない句です」（『百人一句』）と述べています。「名句」を目指す努力をする一方で、俳句を通じて「我」を消すという考え方もあるんですね。

葉子　超名句《メタ》というものかもしれないですね。句作とは、自分の詠みたさ、すなわち内発的な動機があって、他者に届くように調《ととの》えていくという過程があります。しかし、他者に届きにくくてもいいと思える作品も一生に何作品かはあると思っていて。内発性の高さが勝っている句は否定されるべきではないのではないか、と思っています。詠みたいものを詠みたいように詠み、他者に評価されたものが一番幸せな形といえるのかもしれませんが、他者からの評価を越えた自分にとっての名句はあるかもしれません。金子《かねこ》兜太《とうた》先生は番組にゲストでご出演されたときにマイベスト句として〈**水脈《みお》の果炎天の墓碑を置きて去る**〉を抱いて死にたいとおっしゃいました。これぞ超名句ですよね。

尚毅　レオナルド・ダ・ヴィンチも「モナリザ」を死ぬまで手元に置いていたそうです。

葉子　俳句の巨人といわれるかたが他者の評価に関係なく、自分にとってはこの句が大事、とためらわず言えるのは見事なことだと思いました。一生に一句でも自分でそう言える句ができれば俳句をしていてよかったと思えるのではないでしょうか。尚毅教官、最後に言っておくべきことはありますか。

尚毅 名句の条件として、一句として屹立《きつりつ》していること、ということがありますが、句集を読むと、名句のそばに名句に準ずる句があります。〈**滝の上に水現れて落ちにけり**　後藤夜半《ごとうやはん》〉のそばに、名句の子分というような〈**滝水の遅るるごとく落つるあり**〉〈**ことごとく滝に向へる床几《しょうぎ》かな**〉が並んでいます（句集『翠黛《すいたい》』）。名句集に名句ばかりが並んでいるわけではありません。野球の王《おう》貞治《さだはる》選手のちょこんとバットを当てただけのシングルヒットを見つけるように、句集を読んでみるのも楽しいです。句集に載っている「このくらいの句なら詠めるかも」という句を見つける読み方もあるかもしれません。そして、その俳人の文体、悪くいえば「癖」を見つけることができれば、それは自分自身の癖、さらには、私は秋櫻子のような作風だな、山口誓子のような作風がいいなといった具合に、自分がすすむべき道が見えてきます。

葉子 句集を読むと自分の道を発見できるかもしれませんね。

尚毅 テニスでもサーブが強力なタイプの選手であるとか、粘り強くラリーを続けるタイプだとか（笑）。自分がどのタイプかを発見するためには複数の句集を読むとよいと思います。

葉子　いろいろなタイプがあるのですね。

尚毅　わずか十七音ですが、たとえば、同じ天の川を詠んだ句でも、芭蕉の〈**荒海や佐渡によこたふ天河**〉と、一茶《いっさ》の〈**うつくしやせうじ**（障子）**の穴の天の川**〉とではずいぶん違います。一句一句を見ても俳句は多様ですが、さらに俳人の句風にもいろいろあって、俳句の世界はいろいろな花が咲き乱れる花園のような姿をしています。このあとの第3章では句風を異にする七人の俳人をご紹介します。俳人の作風の違いを楽しむためには、やはり、それぞれの俳人のまとまった数の句を読みたいですね。境涯的な作風の俳人としてこの本では闘病を詠んだ石田波郷《いしだはきょう》を取り上げましたが、同じように「境涯」といっても〈**日向《ひなた》水かぶりて其《その》日暮しかな**〉と詠んだ森川暁水《もりかわぎょうすい》や、〈**麦飯に何も申さじ夏の月**〉と詠んだ村上鬼城《むらかみきじょう》のように貧困を素材にした俳人もいます。もっとマニアックなことを言えば、同じ俳人でも若い頃の処女句集と晩年の句集では作風の変化が見られます。話し出すときりがないのですが……。

葉子　まずは七人の俳句についての教官のご案内を「順路」に、花園めぐりへ出発しましょう！　ありがとうございました。

3章

学びたい「名句集」七選

岸本尚毅

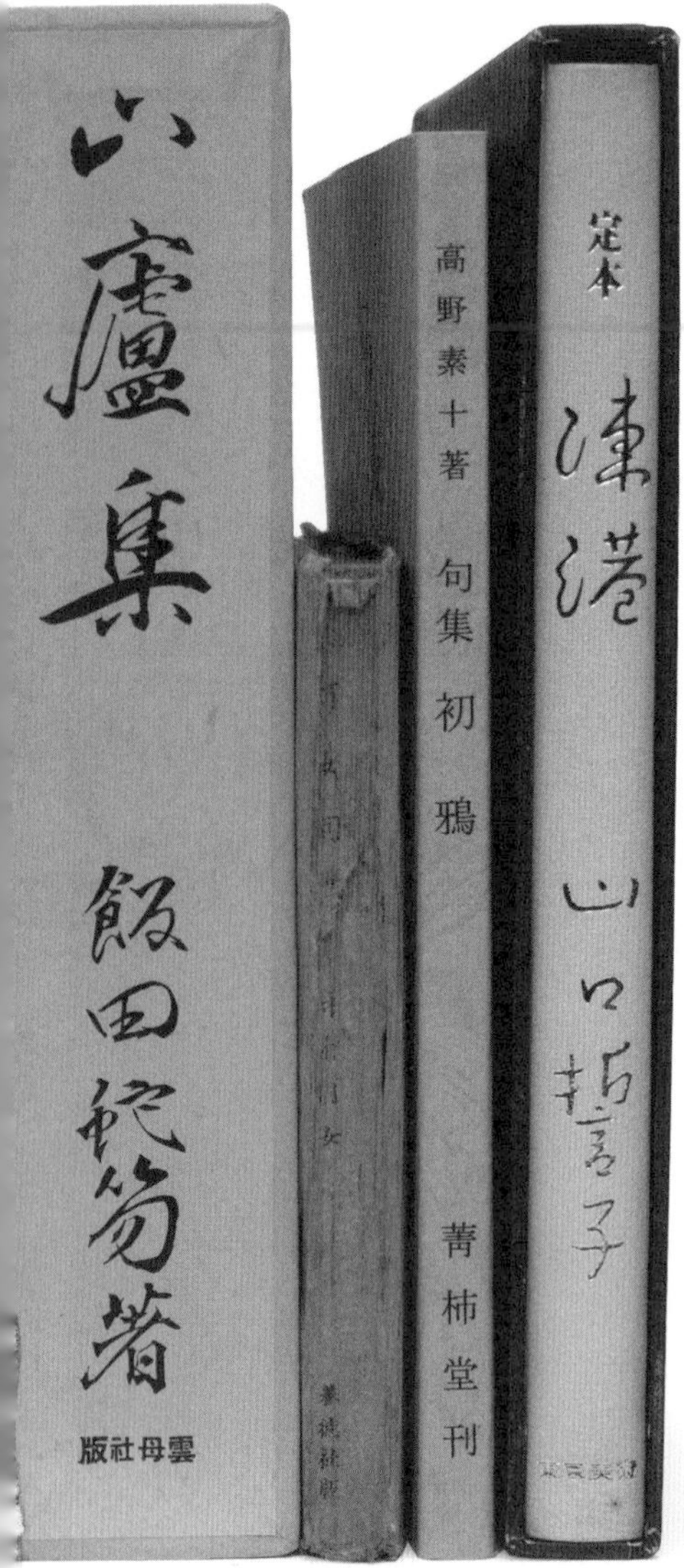

先人に学ぶ楽しさは俳句も例外ではありません。
すぐれた句集を読むと句作の参考になります。
鑑賞力の向上にもつながります。
この章では作風を異にする七人の俳人の句集を紹介し、
それぞれの個性的な秀句を鑑賞します。

一　美しい叙景　水原秋櫻子『葛飾』
二　知的な構成　山口誓子『凍港』
三　素直な叙情　中村汀女『汀女句集』
四　写生を極める　高野素十『初鴉』
五　境涯をめぐる思い　石田波郷『惜命』
六　人情と挨拶　久保田万太郎『流寓抄』
七　文体の格調　飯田蛇笏『山廬集』

絶版になった古い句集は、古書店やインターネット書店、インターネットオークションサイトなどを利用して入手できます。全句集やアンソロジーを図書館で探してもよいでしょう。

一 美しい叙景……水原秋櫻子『葛飾』

切字《きれじ》を駆使して美しい景色を詠《よ》む

○書影は昭和50年刊『定本 葛飾』(東京美術)。

旅先で美しい風景を見た。句に詠みたいが、なかなかうまくいかない。そんなときの手本になるのが水原秋櫻子《みずはらしゅうおうし》の『葛飾《かつしか》』（昭和五年）です。

来しかたや馬酔木《あしび》咲く野の日のひかり

奈良での吟。馬酔木の花の咲く野原に日の光が満ちている。「馬酔木咲く野の日のひかり」とまでは何とか書けました。さて、残り五文字をどうするか。風が吹いたとか、ほかの花が咲いていたとか。いろいろ言いたくなるところですが、句を複雑にしてしまうと「馬酔木咲く野の日のひかり」というフレーズの美しい印象が薄れてしまいます。この句はそれ以上の材料は詠み込まずに、自分がここまで歩いて来たという、ただそれだけのことに目をつけて「来しかたや」と詠《うた》いました。

ここで参考になるのは「来しかたや」の「や」の使い方です。芭蕉《ばしょう》の〈**荒海や佐渡によこたふ天河**〉もそうですが、荒海がどうした、来しかたがどうしたという説明は省き、ただ「○○や」といっただけで読者は十分に景を想像できるのです。

秋耕やあらはの墓に手向花

田畑の中に墓があり、四方から見える。手向けた花も手に取るように見える。さらに「秋耕や」の三文字によって田畑と人が見え、秋晴の空も想像されます。

寄生木《やどりぎ》やしづかに移る火事の雲

遠くの火事。雲か何かのように煙が空を移っている。手前にある葉を落した大木の枝に寄生木が見える。「火事の雲」と「寄生木」が遠近の対照をなしています。このような説明に代わる叙景の効果を、「寄生木や」の「や」がたった一文字で発揮しています。このほか〈**葛飾や桃の籬《まがき》も水田べり**〉〈**連翹《れんぎょう》や真間《まま》の里びと垣を結はず**〉など『葛飾』には「○○や」という型を用いた美しい叙景句が多く見られます。

高嶺星《たかねぼし》蚕飼《こがい》の村は寝しづまり

「高嶺星」で切れます。「タカネボシ」の後に間を置いて音読します。意味の上では「高嶺星や」と同じですが、「や」を使うと六音の字余りになるので「や」を略したと思えばよいのです。この句の調子が心地よく感じられるのは「蚕飼の村は」の「は」の効果です。上五《かみご》の「や」と中七《なかしち》の「は」は句形を整える上で相性のよいコンビです。たとえば蕪村《ぶそん》の〈**菜の花や月は東に日は西に**〉や中村草田男《なかむらくさたお》の〈**降る雪や明治は遠くなりにけり**〉など。これらは「○○や」と「○○は」を組み合わせた名句です。

金色の佛《ほとけ》ぞおはす蕨《わらび》かな
夜の雲に噴煙うつる新樹かな
むさしのの空真青なる落葉かな

切字の「や」に続き、「かな」を叙景に生かした作例を見ます。「金色の佛ぞおはす」「夜の雲に噴煙うつる」「むさしのの空真青なる」で一通りの景は描けています。その上で「蕨」「新樹」「落葉」を点景のように詠み添えて景を完成させました。「おはす」「うつる」「真青なる」は動詞や形容動詞の連体形です。これらの連体形は「蕨」「新樹」「落葉」にかかります。この文体も叙景に使えます。高浜虚子《たかはまきょし》の〈**遠山に日の当りたる枯野かな**〉もこの形です。〈むさしのの空真青なる柿落葉〉（例）のように、下《しも》五《ご》に五音の名詞を使うことも可能です。

山かゞしあそべる墓に詣でけり

切字の「けり」を用いた作例です。墓に参ったら墓地にヤマカガシ（蛇の一種）がいたのです。それをこの句は再構成し、そのへんにヤマカガシが遊んでいる、そんな墓に詣でた、と詠みました。蛇が遊ぶはずはありませんが、動いている様子を「あそべる」と言ったのです。「山かゞしあそべる」が連体修飾語となって「墓」にかかります。巧みな語順により、複雑な事柄をうまく十七音に収めた作品です。

春惜しむおんすがたこそとこしなへ（百済《くだら》観音）
おぼろ夜の潮騒《しおざい》つくるものぞこれ（龍燈《りゅうとう》鬼《き》）

仏像の印象を伸びやかに詠んだ作品です。前書（括弧内）にあるとおりどちらも有名な像です。像の名を示せば、読者は像の姿かたちを思い描くことができます。したがって説明的な叙述は不要なのです。

雪の戸の堅きを押しぬクリスマス

雪の日のクリスマス。扉を押したとき、その堅さを手に感じました。扉の中はミサ、あるいは晩餐《ばんさん》会といったところでしょう。教会堂や西洋館の重く分厚い木製の扉を想像します。説明すると長くなりそうな一連の印象を、「雪の戸の堅きを押しぬ」と、コンパクトにまとめました。

『葛飾』には多様な文体を駆使した佳句が目白押しです。十七音でどのように情景を描くかという問題意識を持って読むとき、この句集は、いろいろな俳句の書き方（文体のパターン）を示してくれます。

二 知的な構成

山口誓子『凍港』

多様な素材を詠みこなす
メカニックな文体

○書影は昭和 50 年刊『定本 凍港』（東京美術）。

一見俳句とは縁遠い対象（工場とか、工事現場とか）を俳句に詠んでみたい。そんなときは、山口誓子《やまぐちせいし》の『凍港《とうこう》』（昭和七年）が良い手引きとなります。

起重機の手挙げて立てり海は春

巨大なクレーン（起重機）のある港湾風景。鋼製の長大な「手」が聳《そび》え立つ姿を「手挙げて立てり」と詠みました。太く単純な線で描いたような描写です。下五の「海は春」も巧みです。「海」といえば「港」と言わなくても港の景が想像されます。「海は春」というゆったりした調子からは、春の空（おそらく青空）を背景にした遠景かつ大景であることが感得されます。

七月の青嶺《あおね》まぢかく熔鉱炉《ようこうろ》

八幡《やわた》製鉄所を詠んだ作。「青嶺」は青々とした夏の山。盛夏の印象を強めるため「青嶺」に「七月」をかぶせました。「七月」「青嶺」「熔鉱炉」を一句にギュッと押し込めた濃密な句です。「まぢかく」も強調です。存在感の際立つ対象を詠むときの言葉の使い方（力の入れ加減）が参考になります。

花や鳥と違い「起重機」や「熔鉱炉」自体に季節感はありません。そのような対象を詠むとき季語をどうするか。「春」や「七月」のように時候を示す季語を使うのもひとつの選択肢だと思います。

スケート場沃度丁幾《ヨードチンキ》の壜《びん》がある
競漕《きょうそう》の空しき艇庫《ていこ》潮さしぬ
扇風器大き翼をやすめたり

伝統的な俳諧《はいかい》の世界にはなかった「スケート（冬）」「競漕（春）」「扇風機（夏）」を季語として詠んだ作です。一句目は「アサヒ・スケート・リンク」と前書があり、スケート場という人工的な空間を即物的に詠んだ句です。「沃度丁幾の壜」という一個のモノだけで景を端的に捉《とら》えました。今や昔懐かしい「沃度丁幾（ヨードチンキ）」ですが、昭和初期にこのような素材を詠むことは新しい試みでした。「がある」という口語調も当時は新鮮なものだったでしょう。二句目は、競漕のために艇が出払った艇庫に着目しました。

時が移り、河口に面した艇庫に潮がさして来たのです。「潮さしぬ」によって景を構造化しています。三句目は、停止した扇風機という機械の存在感を「大き翼」「やすめたり」と表現しました。

さかりばに鉄骨立てり近松忌《ちかまつき》

近松のドラマの舞台となった大阪の街なか。建築現場でしょうか。鉄骨がぬっと立っている。無粋な鉄骨と近松の情緒とのミスマッチの面白さを狙《ねら》った句です。伝統的な情緒をまとった季語と近代的な素材との取り合わせは、俳句を面白く作るためのひとつのテクニックです。

扉のひまに厨房《ちゅうぼう》見ゆるクリスマス

「宝塚ホテル」と前書があります。同じくクリスマスを詠んだ句でも水原秋櫻子の〈**雪の戸の堅きを押しぬクリスマス**〉とは肌合いが違います。「雪の戸の堅きを押しぬ」は、戸の手応えを通じてクリスマスの気分を表現しています。それに対し「扉のひまに厨房見ゆる」は自らの視野に映った近代的なホテルの内部の空間を冷静に描写しています。

ここまでに見た作品は「起重機」「熔鉱炉」「スケート場」「沃度丁幾」「競漕」「艇庫」「扇風器」「鉄骨」「（ホテルの）厨房」など、近代的な素材を詠んでいます。素材の扱い方にも特徴があります。「手挙げて立てり」「青嶺まぢかく」「壜がある」「空しき艇庫」「大き翼をやすめたり」「鉄骨立てり」「扉のひまに厨房見ゆる」などの措辞《そじ》は、情景の中に何らかの構造を見出し、それを意図的に目立たせようとしています。

赤鱝《あかえい》のなほ深き処《と》を鮫《さめ》ゆけり

「赤鱝」が夏、「鮫」が冬の季語です。水族館で詠んだ句ですから、季節のことを詮索《せんさく》しても意味がありません。この句もまた「赤鱝」と「鮫」のいる場所の深さの違いを、一種の構成として見せた句です。

艫《とも》に張る一枚日覆《ひよけ》艫をかくす

船の艫にしつらえた日覆のため艫が見えないのです。作者の目に映る船上の空間を、構成的に捉えています。

このような構成的な手法を、昆虫という自然物にあてはめると次のような句が生まれます。**〈蟷螂《とうろう》の蜂《はち》を待つなる社殿かな〉〈蟷螂の鋏《はさみ》ゆるめず蜂を食む〉〈蜂舐《ね》ぶる舌やすめずに蟷螂《いぼむしり》〉〈かりかりと蟷螂蜂の皃《かお》を食む〉**。

これらは「蟲界変《ちゅうかいへん》」と題する連作です。蟷螂と蜂の関係を「待つ」「鋏ゆるめず」「舌やすめずに」「かりかりと」と、いろいろな視点から詠っています。描写に徹した作のように見えますが、作者は自らの意志を蟷螂に投影しています。この蟷螂はきっと蜂を待っているのだ、蟷螂よ鋏をゆるめるな、舌を休めるな、かりかりと噛《か》むのだ、と。誓子は、画家が画面を構成するように、蟷螂と蜂の関係を自分の構想に従って描き出しました。

誓子の作風は強引なところもありますが、対象を端的に捉え、言いたいことを直線的に述べています。多様な素材を、自分の思い描くままに詠みたい。そう思う人には、誓子の句が参考になると思います。

三

素直な叙情

中村汀女『汀女句集』

あるがままの
日常を詠う、
素直な叙情

○書影は昭和19年刊『汀女句集』（養徳社）。

ここまでに紹介した水原秋櫻子、山口誓子の作品は、美しい風景や目新しい素材を詠み込むための工夫を凝らした俳句です。対照的に、中村汀女《なかむらていじょ》の俳句はあるがままの日常をそのままに詠い、そこに素直な叙情が伴っています。以下『汀女句集』（昭和十九年）の句を見ていきます。

起重機の見えて暮しぬ釣葱《つりしのぶ》

汀女の夫は官僚で、このとき横浜の税関に勤務していました。官舎から港のクレーンが見えたのです。誓子の〈**起重機の手挙げて立てり海は春**〉という大見得を切ったような句と対照的に、汀女は「起重機の見えて暮しぬ」と、日常の風景の延長線上に「起重機」を捉えています。軒下に吊《つ》るした「釣葱」がさりげない。

くもるとき港さびしや春浅き
横浜に住みなれ夜ごと夜霧かな

ふと心をよぎる淋《さび》しさをそのまま「くもるとき港さびしや」と詠みまし

た。素直な叙情です。「住みなれ」「夜ごと」という感じ方も日常の生活感覚に即したもの。

引いてやる子の手のぬくき朧《おぼろ》かな
おいて来し子ほどに遠き蟬《せみ》のあり
あはれ子の夜寒の床の引けば寄る

汀女は明治三十三年生まれ。女性に「良妻賢母」たることが求められた時代の人でしたが、若くして俳句を始め、主婦として生活の傍ら粘り強く句作を続けました。そのため若い母親の立場で詠んだ句が多くあります。「引いてやる」「あはれ子の」といった口吻《こうふん》に母親の優しさが感じられます。「おいて来し」は子供を人に頼んで句会のため遠出したときの作。どうしても子供が気になるのです。高浜虚子と虚子門の俳人某とのこんなやりとりが『虚子俳話録』（赤星水竹居《あかぼしすいちくきょ》著）に書きとめられています。

某「先生、この句は昨日の同人句会の選には漏れましたね。」虚子「そんな句がありましたかね、それは見落しました。……（暫《しばら》く考えられて）

……汀女さんらしい句ですね……（また暫く考えられて）……汀女さんらしい句ですね……。」某「昨日の選句に中に追加しても差支えありませんか。」虚子「差支えありません。」

いったん句会で見落とした〈**おいて来し子ほどに遠き蟬のあり**〉を、虚子は再考し、汀女らしい佳句として認めたのです。

いとけなく淡《うす》き模様の夏布団《なつぶとん》

「六月初、健史疫痢《えきり》に罹《かか》り入院、危篤に陥る」と前書があります。重病に臥《ふ》す幼い子を見守る母親のまなざしが感じられます。

夜濯《よすすぎ》のもの真っ白に輝やかに

家事にいそしみながらの句です。「夜濯」が夏の季語。夜の句ですが、洗い上げた洗濯物が「真っ白」で「輝やか」なのです。思ったとおり、感じたとおりをそのままズバッと十七音に詠みました。秋櫻子や誓子のような手の込んだ技巧を用いなくても、俳句はこれでよいのです。

稲妻のゆたかなる夜も寝《ぬ》べきころ

さあ、そろそろ寝る時間ですよ、と子供に呼びかけているのでしょう。秋の季語の「稲妻」は、雷雨の稲妻ではなく、音もなく夜空に光る稲妻のことです。汀女のライバルと目された橋本《はしもと》多佳子《たかこ》に〈**いなびかり北よりすれば北を見る**〉という名句があります。多佳子の「いなびかり」には一種慄然《りつぜん》とするような鋭さがあります（多佳子は山口誓子の弟子でした）。これと対照的に「稲妻のゆたかなる夜」という感じ方には、大らかさ、健康さを感じます。

持ちかへてすぐ重き荷や秋の雨

荷物が重い。空いていた手に持ち替えてホッとした。またすぐに重くなる。たったそれだけのことが俳句になるのです。電車の中や路上などで重い手提げ袋を持ったご婦人をよく見かけます。彼女たちが皆こんな句を作りだしたら、日本中が名句だらけになることでしょう。

わが心ひそかに聞ゆ鉦叩《かねたたき》

カネタタキの声を聞きながら、自分で自分の心の声を聞いている。俳句にはこんな作り方もあるんですね。

水あればある夕焼や雪の原

一面の雪の原を行くと、池か川か、水面に出くわす。そこに夕焼が映っている。鮮烈な景色です。「水あればある夕焼」は一見拙《つたな》いような言い回しですが、眼前の景が鮮やかに見えてきます。この句では汀女の素直な作風が力を発揮しています。同じ景色を詠んでも、秋櫻子や誓子ならもっと手の込んだ書き方をしたことでしょう。

俳句愛好者の多くは、日常のさり気ない出来事や日々の哀歓を句に詠んでいます。そうした最大多数の俳句愛好家にとって、最もピッタリのお手本は、汀女の句だと思います。

四　写生を極める

高野素十『初鴉』

容易には真似できない
写生のお手本

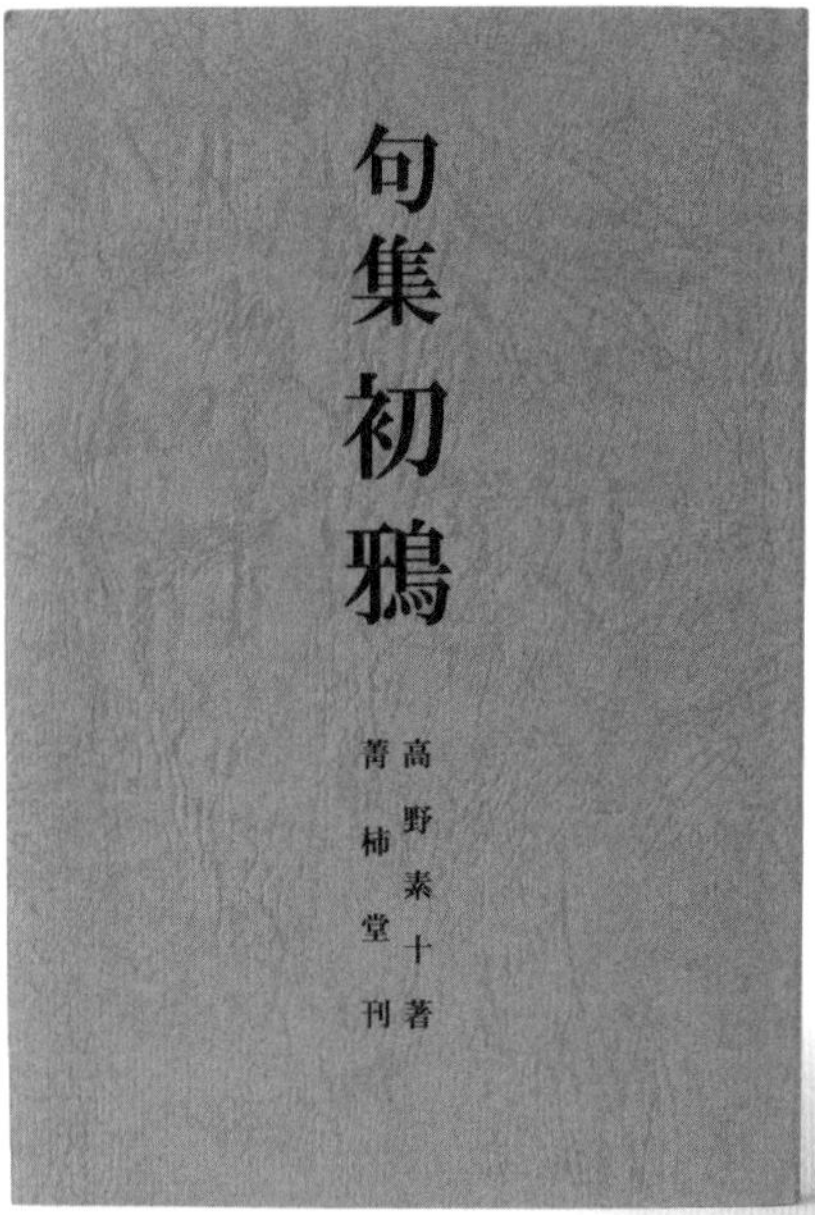

○書影は昭和22年刊『句集 初鴉』（菁柿堂／東京美術複刻）。

「写生」は俳句にとって大きなテーマです。写生が大切だとよく言われますが、ピンとこない人も多いと思います。しかし写生を徹底して突き詰めた俳人は確かにいます。その代表が高野《たかの》素《す》十《じゅう》です。素十の句集『初鴉《はつがらす》』（昭和二十二年）は、他の句集と違い、句作の参考にして下さいと言い難いところがあります。素十の句は容易には真似できません。しかし句作の際の物の見方を養う上ではとても勉強になります。

朝顔の双葉のどこか濡《ぬ》れゐたる
蝶《ちょう》歩く百日草の花の上

朝顔の双葉が何となく濡れている。百日草の花の上を蝶が歩いている。このような微細なことを詠むのが写生の基本です。表現の上では「どこか」「歩く」「花の上」などの何でもない言葉に写生の技があると思います。

顔を出すバケツの水の濁り鮒《ぶな》

濁り鮒は梅雨《つゆ》の頃の産卵期の鮒。バケツの中の濁った水の中に捕まえた鮒がいる。その鮒がときどき水面に顔を出すのです。「顔を出す」というような生き生きとした表現を発見する。それが写生の面白さです。

笏《しゃく》もちて面かくるる雛《ひいな》かな

ゆれ合へる甘茶の杓《しゃく》をとりにけり

俳句では「取り合わせ」が大切だと言われます。他方、取り合わせでなく、ひとつのものだけをじっくり「写生」する作り方があります。笏を持った雛の顔が笏に隠れている。甘茶に浮いている二つの杓が揺れ合っている。これらは雛だけ、甘茶だけを描いた句です。

雪山の前の煙の動かざる

簗《やな》といふ一字彫りあり簗の舟

写生はデッサンやスケッチと対比的に語られます。そこで重要なことは対象の特徴を端的に抽出すること、省略を効かせて重要なことだけに絞って単純化することです。背景に雪を被った山が聳え、手前には何かの煙が

立ち上っている。「動かざる」という端的な捉え方によって、風のない日であることや、太くくっきりとした煙であることがわかります。簗番が使う舟に「簗」と彫ってある。何と単純で力強い事実でしょうか。

蹴ちらせば霜あらはるる落葉かな

地面に堆《うずたか》く溜《た》まった落葉。思わず蹴ってしまう。誰もがするしぐさです。落葉を蹴散らすと土が現れます。その段階で「蹴ちらせば土あらはるる落葉かな」という句が出来そうです。さらによく見ると土の上に霜がうっすらと。そこまで見届けて句に詠めるかどうかが凡人と名人の境目です。「蹴ちらして落葉の下の霜の土」でもよいのですが、そこで妥協せずに「落葉かな」という形に持ち込む。俳句の芸とはそういうものだと思います。

稲舟のごとんと音す鵙《もず》高音
蟻《あり》地《じ》獄《ごく》松風を聞くばかりなり

素十の「写生」は音に及びます。一句目は稲を積んだ川船がゴトンと何かに当たった音を詠みました。そしてモズの声。秋晴の広やかな空間が感じられます。二句目は松風が聞こえ、足元の砂には蟻地獄がいる。うっとりとするような静謐《せいひつ》さを感じます。

鴨《かも》渡る明らかにまた明らかに

渡って来る鴨を詠んだ句です。「明らかにまた明らかに」は単純化の極み。何羽かの鴨が飛んで来る。また飛んで来る。冷たく澄んだ空気の中、飛来する一羽一羽の鴨がはっきりと見えます。この句は景のみならず、「また」の一語によって時間の経過も捉えています。

花冷の闇《やみ》にあらはれ篝守《かがりもり》

明暗の写生と呼ぶべき句です。夜桜見物のため篝火を焚《た》くのでしょう。「篝守」とは庭園の管理人で、篝火に薪をくべ足したり、火の具合を見て歩いたりしている。花冷えの冷たい闇の中、ぬっと現れた人影が印象的です。「闇にあらはれ」が端的で力強い。

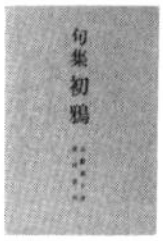

火曜日は手紙のつく日冬籠《ふゆごもり》

「写生」とは目に見えるものを写し取ることのようですが、この句のように目に見えない事柄を詠むこともできます。この当時、医学の研究のためドイツに留学していた素十は妻からの手紙を楽しみにしていました。日本からの手紙が届くのが毎週火曜だったのです。

水原秋櫻子や山口誓子の技巧的な作風や中村汀女の親しみやすい作風と違い、素十の句は底光りする名人芸というべきものです。初心のかたにはとっつきにくいかもしれません。しかし本当に飽きのこないのは素十の句です。長く俳句を続けているときっとそう思うようになります。素十の句が良いと思えるようになれば、その人はすでに俳句の目利きです。

五 境涯をめぐる思い……石田波郷『惜命』

苦悩を抱えて生きる
自己の思いを詠む

○書影は昭和 25 年刊『惜命』（作品社）。

人生とどう向き合うか。生きてゆく上での志をどう詠うか。俳句という小さな詩を携え、この重いテーマに立ち向かった俳人が石田《いしだ》波郷《はきょう》です。波郷の場合、人生の重荷は結核でした。

病気をはじめ、さまざまの悩みを抱えて生きる日々の思いを俳句に詠もうとするとき、波郷の俳句が参考になります。波郷には初期の『鶴の眼』などいくつかのすぐれた句集がありますが、闘病の句を収録した句集の代表的なものが『惜命《しゃくみょう》』（昭和二十五年）です。

血を喀《は》いて鵙きく顔をかなしむや
鶏頭よ子よわれ咳《せき》をとゞめ得ず
麻薬うてば十三夜月遁走《とんそう》す

これらの句は闘病の現場を詠みました。

一句目は喀血《かっけつ》です。「かなしむや」と言い足すのが波郷流。血を喀いた顔をかなしんでいるのか、と誰かに問うています。言葉にしっかり気持ちをのせているので「かなしむや」に饒舌《じょうぜつ》な印象はありません。この句には

「妻に」という前書があります。「かなしむや」は妻に対する問いかけなのです。

二句目は咳の止らない病状を詠んだ句です。「とゞめ得ず」という強い思いを、鶏頭よ、子よ、と訴えました。当時の波郷には幼い二人の子がいました。

三句目は手術を詠んだ句です。「十三夜月遁走す」は麻酔で意識を失うときの朦朧《もうろう》とした状態でしょう。麻酔の効果を月の遁走にしたところに強烈な俳諧精神を感じます。

蝶燕《つばめ》母も来給ふ死に得んや

柿食ふや遠くかなしき母の顔

一句目は母が見舞に来てくれるのだ、死んでたまるか、という思い。上五は「蝶飛んで」「つばくろに」などでも句になりますが、「蝶燕」とたたみかけることで切迫した気持ちを表現しました。

二句目は「柿食ふや」から「母の顔」への飛躍が鮮やかです。「遠くか

なしき」は強引な表現ですが、遠い故郷にあって波郷のことを悲（愛）しんでいる母の顔を思い浮かべているのです。

病む六人一寒灯を消すとき来《く》

同室同病の患者六人に消灯の時刻が訪れました。寒い冬の夜、まだ読んだり書いたり話したりしたいこともあるでしょう。消灯後の暗く淋しく長い夜が想像されます。

遠く病めば銀河は長し清瀬《きよせ》村
力なく降る雪なればなぐさまず

闘病の身のかなしさをどんな季語に託するか。小さな季語では力不足の場合、「銀河」「雪」のような重量級の季語を用います。

雪はしづかにゆたかにはやし屍《かばね》室
綿虫やそこは屍の出でゆく門

病には死の影がつきまといます。死のイメージを伴った句に「雪」「綿虫」という白っぽい季語を取り合わせました。「屍室」の句の雪の形容に「ゆたかに」という意外な言葉が出てきます。生死を超越したかのような雪のゆたかさ。このあたりに波郷の凄《すご》みを感じます。「そこは」という語りかけるような口調も、句を生々しく読ませるための工夫です。

七夕竹《たなばただけ》惜命の文字隠れなし

稲妻のほしいまゝなり明日あるなり（『雨覆《あまおおい》』＊）

「惜命」「明日あるなり」という望みを詠んだ句です。「隠れなし」という口調に、病気と闘う強く健気な気持ちが感じられます。「ほしいまゝなり明日あるなり」というリズミカルな口調からは、心の弾みさえ感じられます。意志や感情を表現するとき、言葉の意味だけでなく、五七五のリズムや言葉のしらべに思いをのせるように表現すると効果的です。波郷の句はその好例です。（＊『雨覆』は『惜命』の直前の句集。昭和二十三年刊）

風の日や風吹きすさぶ秋刀魚《さんま》の値　（『雨覆』）

この句は私の愛誦《あいしょう》句です。当時は戦後の食糧難でした。時化《しけ》が続くと、吹きすさぶ風に吹かれたようにサンマの値段が跳ね上がる。生活者の悲哀を滲《にじ》ませた句ですが、句柄は明るい。「風の日や風吹きすさぶ」とは、トホホと言いながら、しかたなく笑っているのです。

さきほど私は高野素十の『初鴉』の禁欲的な俳句を賞賛しました。しかし生身の人間である以上、悲しんだり嘆いたり、怒ったり笑ったり、いろいろな思いが湧《わ》いてきます。それを句に詠まないのは、俳句的にはあまりにももったいない。

人はそれぞれ腹の中に言いたいことを抱えて生きているはずです。ツイッターでつぶやくのも良いと思いますが、石田波郷のように、十七音の器を駆使し、俳句を通じて思いの丈をぶちまけてみませんか。

六

人情と挨拶《あいさつ》

久保田万太郎『流寓抄』

身辺の感慨を詠む、
挨拶句の達人

○書影は昭和33年刊『流寓抄』（文藝春秋新社）。引用句の表記は『久保田万太郎全句集』（中央公論社）に準ずる。

さきほどは思いの丈をぶちまけるような石田波郷の俳句を紹介しました。読者の中には、波郷のような句も良いけれど、自分にはそれほど強い思いはない、それよりも日々の感慨をもっとさりげなく詠みたいと思うかたも多いと思います。むしろそのほうが多数派かもしれません。そんなかたにおすすめの俳人が久保田万太郎《くぼたまんたろう》です。万太郎は日記を書くように句を詠みました。葉書に書き添えるような軽妙な挨拶句の名手でした。

波郷のように身構えた作り方でなく、もっと肩の力を抜いた作り方を学びたいときは万太郎の句集がおすすめです。『流寓抄《るぐうしょう》』（昭和三十三年）は万太郎自身が編んだ生前最後の句集です。その冒頭の序に「昭和二十年十一月、ぼくは、東京を捨てゝ鎌倉《かまくら》にうつり住んだ。……そのとき以来である、ぼくに、人生、流寓の旅のはじまったのは……」とあります。

松ばやしぬけねばならず冬の月

砂みちのすこし上《のぼ》りや冬の月

「東京にでれば、どうしても帰りは九時、十時なり。」と前書があります。

生粋《きっすい》の江戸っ子の万太郎ですが、戦後、鎌倉の材木座《ざいもくざ》に移り住みました。鎌倉駅から家までの道を「松ばやしぬけねばならず」「砂みちのすこし上りや」と詠いました。松林を抜けて砂の多い道が続いているのです。何ということもない情景ですが、「ぬけねばならず」「すこし上りや」という、ちょっとした言葉のアヤが効いていて、景がしっかりと見えてきます。「冬の月」が印象的です。

停車場にけふ用のなき蜻蛉《とんぼ》かな

「このところ四五日、上京せず、鎌倉にこもる。」と前書があります。「停車場にけふ用のなき」は作者自身のことですが、蜻蛉もまた停車場に用がない。作者は蜻蛉のように日を暮らしているのです。ここで「極楽蜻蛉」という言葉を連想すると可笑《おか》しみが感じられます。

しらたきと豆腐と買ひて冬ざるゝ

「近状を問はれて」と前書があります。「○○と○○買ひて」に季語を添

えると誰でも出来そうな句です。「しらたき」と「豆腐」にしたところが万太郎のセンスなのでしょう。「牛肉と豆腐と買ひて冬ざるゝ」では嫌みになってしまいます。同時作に〈**入日、雲に、まぶしけれども冬ざるゝ**〉があります。「、」の使い方がじつに繊細です。雲が割れて日がさしたときの一瞬息をのむような感じを「入日、雲に、」で見事に表現しています。

大関によるとしなみや五月場所

「相撲《すもう》、はじまる。」と前書があります。「大関」と「五月場所」を詠み込んだ句に「相撲、はじまる」は一見蛇足ですが、場所の初日の華やぎの中、長年相撲を賞玩して来た作者の目が大関の老いを見て取ったのです。「五月」の明るさも句の陰影を深めています。前書が俳句の一部のように、見事に機能しています。

ここまで軽い感じの句を挙げました。もう少し重い感じの句も拾ってみましょう。

いまは亡き人とふたりや冬籠

「妹、上京、留守番なり。」と前書があります。万太郎は鎌倉では妹と二人暮らしでした。妹が外出して万太郎ひとりが家にいるのを「いまは亡き人とふたり」と詠んだのです。この句のほぼ十年前の昭和十年十一月、妻を亡くした万太郎は〈**来る花も来る花も菊のみぞれつゝ**〉と詠みました。「ひそかにしるす」と前書のある〈**わが胸にすむ人ひとり冬の梅**〉も愛する人への思慕を吐露したものでしょう。

かなしさは百合《ゆり》の大きく咲けるさへ

「……をりから、わが家の庭に、百合、ふたもと三もと咲く。」と前書があります。病気という相手があった波郷と違い、晩年の万太郎の句には生きること自体がかなしい、淋しいといった趣があります。この句はやや長めの前書を俳句への導入のように用いています。

運不運人のうへにぞ雲の峰

雲の峰といえば〈**厚餡《あつあん》割ればシクと音して雲の峰**　中村草田男《なかむらくさたお》〉のようなネアカな句が多く、このようなネクラな句はあまり見かけません。「運不運人のうへに」は自分自身の思いかもしれませんが、気恥ずかしいほどに紋切型の言い草です。そのせいでしょうか、「人にこたふ」という、照れ隠しのような前書が添えられています。

着ぶくれの猪首《いくび》もをかしかりけるが

「〝前進座〟より中村鶴蔵《なかむらつるぞう》告別式の通知来る。ありし日のおもかげをしのびて……」と前書があります。劇作家としても活躍した万太郎による俳優への弔句です。「着ぶくれの猪首」に哀惜の情がこもっています。

ここに挙げた句にかぎらず、『流寓抄』は多くの句に巧みな前書が添えられています。一般に挨拶句というと慶弔が多いのですが、万太郎の場合、全てが挨拶句というような印象があります。

七 文体の格調……飯田蛇笏『山廬集』

格調高い、もっとも「俳句らしい俳句」

○書影は昭和７年刊（昭和55年複刻）『山廬集』（雲母社／名著複刻詩歌文学館・日本近代文学館）。

ここまでにそれぞれ個性的な六冊の句集を紹介しました。七冊目の句集は原点に立ち返り、近現代の俳人の中で最も「俳句らしい俳句」を詠んだ飯田蛇笏《いいだだこつ》の『山廬集《さんろしゅう》』（昭和七年）です。

そもそも「俳句らしい俳句」とはどんな俳句でしょうか。歴史的に見れば、俳句は、江戸時代に行われた俳諧（連句）の発句《ほっく》が独立した詩型です。発句であるための条件は、季語が詠み込まれていることと、切れのある格調高い句型であることです。このような発句の条件に最もぴったりくる作風の俳人が飯田蛇笏です。文芸評論家の山本健吉《やまもとけんきち》は、蛇笏を「俳句の持つ格調の高さ、正しさにおいて、つひに彼の右に出づる者は見当たらぬ」と評しました（『現代俳句』）。

家富んで朝暮の粥《かゆ》や鳳仙花《ほうせんか》

富裕な家なのに朝夕に粥を食べる。貧しかった頃の習慣を守っているのです。庭の花は、菊のような手のかかる花でなく、ありふれた鳳仙花。勤倹な家のたたずまいを詠んだ句です。詠まれた事柄はあまり面白くありませんが、俳句らしく格調高く仕上がった句です。

春さむく尼僧のたもつ齢かな

ようするに高齢の尼さんです。「春さむく」「尼僧」「たもつ」「齢かな」という一語一語の大仰さがこの句の味わいです。

寂として座のあたゝまる火鉢かな

部屋は静まり返り、火鉢の火で温まっている。ただそれだけの句です。〈**押し撫《なで》て大きく丸き火鉢かな**　篠原温亭《しのはらおんてい》〉の直截な表現と比べると、「寂として」「座のあたゝまる」はいくぶん重々しい。

芋の露連山影を正《ただし》うす

蛇笏の代表句の一つです。芋の葉に露の玉。連山が遠くくっきりと見える。秋の朝の情景ですが、それほど大した内容ではありません。この句の名句たる所以《ゆえん》は句の姿の美しさ――「芋の露」で切れる上五の心地よさと

「連山影を正うす」というフレーズの格調の高さ――にあります。

ある夜月に富士大形《たいぎょう》の寒さかな

冬の月夜の富士を詠んだ句です。「ある夜」「大形」は悪くいえば大仰な表現ですが、「発句」たらんとする気合は十分です。

北風やほとけの足のぶうらぶら

眼をそむけたくなるような句です。「師走《しわす》某日甲府錦町にて病院を出で来たれる男女の一団に逢《あ》ふ」と前書があります。病院で亡くなった人の亡骸《なきがら》を運んでいる。「ぶうらぶら」が凄《すさ》まじい。俳句でここまでやるのか、と思います。これが蛇笏です。

なきがらのはしらをつかむ炬燵《こたつ》かな

「下僕義政の祖母極寒炬燵に寄れる儘頓死《ままとんし》す齢九十有歳といふ老婆あはれ深し」と前書があります。人の死にざまを冷徹に詠みました。蛇笏の思いは前書の「あはれ深し」に表れています。「○○の○○をつかむ炬燵かな」という句形は、見事なまでに格調高い。

死骸《ナキガラ》や秋風かよふ鼻の穴

「仲秋某日下僕高光の老母が終焉《しゅうえん》に逢ふ。風蕭々《しょうしょう》と柴垣を吹き古屏風《ふるびょうぶ》のかげに二女袖《そで》をしぼる」と前書があります。この句も冷徹です。しかし前書には「二女袖をしぼる」とあります。さきほどの句と同様「○○や秋風かよふ○○」という句形が美しい。

胃ぶくろにすごもる虫や暮の秋

「胃中に虫数多《あまた》発生して斃《たお》れたる農馬あり」と前書があります。「すごもる」は「巣籠る」です。一種グロテスクな感興を催す句ですが、「○○にすごもる○○や暮の秋」という句形が美しい。

これら一連の句（「ほとけの足」「なきがらの」「死骸や」「すごもる虫や」）によって蛇笏は一体何が書きたかったのでしょうか。人や馬の死にざま

を冷徹に詠みたかった。一義的にはそうだと思います。しかしそれ以上に、俳句という詩型それ自体に興味があったのだと思います。内容の凄惨《せいさん》さと形式の見事さとのミスマッチを生じたとき、俳句という詩型は妖《あや》しい魅力を放ちます。蛇笏は俳句に魅入られた俳人でした。

百合折るや下山の袖に月白き

口直しにこの句を引きます。夏の月夜です。山道を下ってゆく。百合を折り取った。その袖に月が白くさしている。句の美しさは水原秋櫻子に通じますが、「百合折るや」から「下山の袖に月白き」にかけての筋肉質の文体は蛇笏のものです。

俳句が好きで好きでたまらない。そんな気持ちになったときは、是非、蛇笏を読んで下さい。

おわりに

「悩み」というとシリアスですが、「お悩み」というと、少し楽しそうな感じがして、どれどれどうしました？　と聞きたくなります。俳句という楽しいことのために悩むのですから、こんな幸せな悩みはありません。

では「お悩み」と「名句」がどう結びつくのか。それは名句とそうでない句とが、言葉の上では紙一重だからです。

菜の花や月は東に日は西に　蕪村《ぶそん》

小学校のときに習った名句です。広やかです。美しい。なつかしい。世の中には「俳句」という、こんな結構なものがあるんだ、と子供心に思いました。

凩《こがらし》や目刺に残る海の色　芥川龍《あくたがわりゅう》之《の》介《すけ》

中学生のときに習った名句です。木枯らしの吹きつける目刺の光沢。その妖《あや》しい美しさにゾクゾクしました。

さきほどの句が〈菜の花が咲いて西日と夕月と〉だったらどうでしょうか。〈木枯しが吹く銀色の目刺かな〉だったらどうでしょうか。もしそうだったら少し残念です。

ハッとするような俳句を読みたい。先人の名句だけでなく、今こうしてこの本を読んでくださったかたがたの間から生まれてくる新鮮な俳句を読みたい。そう切に願います。

「お悩み」は上達へのバネです。名句への道しるべです。読者の皆さんは今、あと一歩で名句に手が届くところに立っているかもしれません。

岸本尚毅

二〇二〇年冬

装幀　芦澤泰偉
本文デザイン　児崎雅淑（芦澤泰偉事務所）
版画　正一
写真　成清徹也（8・26・44・62頁）
校正　青木一平
DTP　天龍社
協力　神谷陽子
岩儀和子
野良古

岸本葉子（きしもと・ようこ）

1961年、神奈川県生まれ。会社勤務、中国留学を経てエッセイストに。食・暮らし・旅のエッセイのほか、俳句のエッセイも多数。著書に『ふつうでない時をふつうに生きる』（中央公論新社）、『俳句、はじめました』（角川ソフィア文庫）、『俳句で夜遊び、はじめました』（朔出版）、『季節の言葉と暮らす幸せ 俳句、やめられません』（小学館）、『NHK俳句 岸本葉子の「俳句の学び方」』（NHK出版）など。2015年より「NHK俳句」の番組司会を務める。

岸本尚毅（きしもと・なおき）

1961年、岡山県生まれ。波多野爽波などに師事。「天為」「秀」同人。著書に『生き方としての俳句』（三省堂）、『「型」で学ぶはじめての俳句ドリル』（祥伝社）、『十七音の可能性』（角川俳句ライブラリー）、『ひらめく！作れる！俳句ドリル』（祥伝社）、『室生犀星俳句集』（岩波文庫）、『文豪と俳句』（集英社新書）など。2018年・2021年「NHK俳句」番組選者。岩手日報・山陽新聞選者。角川俳句賞などの選考委員。句集『舜』で俳人協会新人賞。『高浜虚子 俳句の力』で俳人協会評論賞。

NHK俳句
あるある！**お悩み相談室「名句の学び方」**

二〇二一年一月二十日 第一刷発行
二〇二三年二月二十日 第二刷発行

著者 岸本葉子・岸本尚毅

発行者 土井成紀
発行所 NHK出版
〒一五〇－〇〇四二 東京都渋谷区宇田川町一〇－三
電話 〇五七〇－〇〇九－三二一（問い合わせ）
〇五七〇－〇〇〇－三二一（注文）
ホームページ https://www.nhk-book.co.jp

印刷 大熊整美堂
製本 藤田製本

Printed in Japan ISBN 978-4-14-016279-8 C0092